Narratori  Feltrinelli

GW00644772

# Valeria Parrella
# La Fortuna

© Giangiacomo Feltrinelli Editore Milano
Prima edizione nei "Narratori" maggio 2022

© 2022 by Valeria Parrella
Published by arrangement with Agenzia Santachiara

Stampa Grafica Veneta S.p.A. di Trebaseleghe - PD

ISBN 978-88-07-03486-2

**www.feltrinellieditore.it**
Libri in uscita, interviste, reading,
commenti e percorsi di lettura.
Aggiornamenti quotidiani

razzismobruttastoria.net

# La Fortuna

*Per Adriana*

# Prologo

*Fortes fortuna iuvat.*

Plinio Secondo il Giovane, Epistola VI

La rotta era facile: andare dove nessuno sarebbe andato.

Navigando verso la nuvola ho capito che eravamo rapiti da essa, attratti come dietro un incantamento. La nuvola non era fatta di acqua, faceva piovere, sì: ma pioveva cenere, uguale a quella che resta alla fine della sera nei bracieri.

Quando si attraversa un banco di nubi si va avanti fino a sbucare dall'altra parte per vedere la costa, e noi così abbiamo fatto. Ma era la costa che stava venendo verso di noi: il mare si era riempito di pietre e non c'era più pescaggio per le nostre chiglie. Le mappe non corrispondevano più al mondo, e il disegno della terra non assomigliava al mio ricordo. A quel punto i marinai sono impazziti per la paura e non potevamo che tornare indietro. Sotto i nostri scafi non c'era più acqua, dovevo impartire l'ordine, subito.

Del resto ci sono solo due modi di vivere: uno è avere sempre paura. Arrischiarsi il meno possibile, chiudersi in casa, fare sempre gli stessi movimenti, mangiare le stesse cose, incontrare le stesse persone, oppure proprio più nessuno. Assumere che il giorno faccia il giorno e la notte la notte. Ascoltare l'agguato dei malanni, quasi tendere loro l'orecchio: a ogni prurito, ogni morso della fame, ogni dolore.

Oppure guardare verso la paura e dire:

"Mi fa paura quella cosa lì. Quel pezzo di vita. Quella scelta, quell'esercitazione che il maestro di retorica si aspetta da me, quella carica che vuole assegnarmi l'imperatore. Mi fa paura la strada che porta fuori dalle mura, i barbari asserragliati alle colline, il rumore nel mezzo della notte di cui non so distinguere l'origine. Mi fa paura la donna che vorrei, perché la voglio".

Ognuna di queste paure dice sempre la stessa cosa: ci ricorda che non siamo dei e che possiamo morire. Per la più piccola o la più grande impresa: noi possiamo morire, perché affrontandola scopriamo che non ne eravamo all'altezza, che quello non era il nostro posto nel mondo né il nostro destino né avevamo sufficiente abilità per sederci al tavolo di quel gioco. Se falliamo, moriamo.

Io dunque credo che ogni paura sia un piccolo gioco con la morte: un avvistamento a cui possiamo decidere o meno di dare seguito: il cane che punta verso il cespuglio quando non sai ancora se lo asseconderai.

Cosa ne avrei concluso, fino a stamattina? Che era un problema da risolvere con i versi: anzi, che l'avrebbe risolto Secondo per me, che è più bravo, e io mi sarei andato a ubriacare in quella locanda che ci piace tanto.

Invece. Invece dal momento in cui il nocchiere ha detto: "Torniamo indietro", io ho capito che l'unico modo per superare la paura è attraversarla.

Noi non potevamo tornare indietro: lì, da qualche parte sulla costa, c'era la mia casa, la donna che mi aveva partorito e quella che mi aveva allattato, i sentieri che percorrevo da bambino seguendo un coniglio, e le lotte furibonde nella sabbia con gli amici. C'era la statua d'oro di Iside a cui mi ero votato. Perduto quello: tutto sarebbe stato perduto. Così mi sono poggiato all'albero con quel gesto per cui i marinai mi chiamano matto: che appoggio l'orecchio ai nodi del legno e chiudo gli occhi. La nave, come sempre, mi ha parlato, e io ho riferito al nocchiere:

"Seguiamo la corrente".

Poi ho avvisato l'ammiraglia, l'ho fatto di persona perché temo che la paura degli altri mi inganni come Nerone temeva il cibo e il vino.

"Del resto la Fortuna aiuta chi le si affida," mi ha risposto Plinio, e siamo andati, la corrente ci portava verso Stabia.

A Stabia la visibilità era buona, dal mare il prodigio pareva finito, la popolazione era salva, in spiaggia, si erano spostati con tutto ciò che avevano: dalle navi si intuivano cavalli e mobili e bauli, io vedevo poco, ma avevo questo mozzo accanto a me, gli ho chiesto:

"Cos'è che brilla a tratti laggiù?".

"Sono donne, comandante, donne piene di gioielli."

Allora sono andato a poppa e ho capito che non saremmo tornati indietro finché il mare non avesse deciso

15

così. Né a remi né a vela, non c'era null'altro da fare. Bisognava aspettare, quelli lì sulla costa, noi in mare. Plinio è voluto scendere perché ha riconosciuto qualcuno. Si poteva ancora andare con una scialuppa, c'era un margine per farlo, ma io gli ho parlato, dalla impavesata.

"Ammiraglio, non mi pare prudente."

"Non lo è."

"Io non andrei."

"Tu infatti non puoi venire: hai il comando della flotta."


Io in questo golfo tempeste vere non ne ricordo, eppure credo di essere stato a guardare il mare più di ogni altra cosa nella vita.

I suoi segnali, li so riconoscere. So quando verrà la pioggia da terra e quando verrà da mare. So quanto durerà, so, dal movimento delle nubi o dal loro permanere, dalla formazione che assumono gli uccelli in volo, cosa succede il giorno successivo e quello a seguire ancora, e so, mentre io sono sulla mia spiaggia, esattamente cosa sta accadendo laggiù, sopra la villa di Tiberio. Invece di questa cosa non sapevo ancora nulla.

La terra qui fa come un abbraccio: la terrazza da cui avevamo osservato quella immensa nuvola è solo una delle tante terrazze di questo abbraccio, io da qui vengo e qui voglio tornare, appena sarà tutto finito. È casa mia.

Se guardo verso la mia città nel buio vedo tanti piccoli fuochi che risalgono la dorsale del monte, ma Plinio ci ha spiegato che sono fuochi lasciati accesi dai contadini in preda al panico, e casolari in fiamme abbandonati al loro destino. Va bene. Io ho finto di crederci, tutti abbiamo finto di crederci. Diciamo che l'ammiraglio ha una tale autorevolezza, con quei suoi movimenti lenti mentre finisce il mondo, che ci siamo calmati tutti. Ma insomma era l'unica cosa che potevamo fare, avevamo Nettuno in persona a spingerci, una cosa mai vista, del resto non è sempre lui che scuote le terre? – Plinio qui ha una verbosissima teoria sulle correnti d'aria calda e fredda che si scontrano. – Lui ha preso il segretario ed è sceso a terra. Mi ha detto:

"Non ti preoccupare per me, Lucio, io sto bene ovunque: ho da leggere, tu intanto tieni una memoria di quello che accade, annota".

Forse ora lui sta dormendo, è tutto tranquillo, le navi sono alla fonda, e noi con loro, e il mio equipaggio mi taglierà la gola questa notte se mi addormento. Io piuttosto che tenere il diario di bordo mi sono messo ad abbisciare le cime, seduto a prua, gambe incrociate. Quando alzo la testa ho davanti a me l'origine del prodigio: il monte che non vedo più.

# La Fortuna

*Tutto fu preda delle fiamme, e tutto*
*al suol consunto e incenerito giacque;*
*avvolge il colle spaventevol lutto*
*a' numi istessi un tanto orror dispiacque.*

Marziale, *Epigrammi*, Libro IV, 44

Mi chiamo Lucio perché sono nato in una casa sotto quel monte, e della mia nascita mamma mi raccontava sempre la stessa cosa: che la casa in cui erano ospiti cominciò a ondeggiare tutta e si spensero le torce come se sulle fiamme avesse soffiato un dio.

Lei era distesa a chiacchierare con un'amica, sarebbero dovuti già andar via, ma era febbraio, faceva freddo e davanti al braciere si stava bene. Mio padre aveva bevuto molto e parlava senza fermarsi, mia madre un poco lo guardava, un poco parlava anche lei, tutta avvolta nella lana, fin dove la pancia glielo permetteva. Sarei dovuto nascere a marzo, ma prima di me arrivò il terremoto.

Nessuno ne aveva mai sentito uno così: spente le torce, dalla strada non arrivavano più luci, solo una nube rossastra che avvampò dalla terra per scomparirvi subito dopo. Mamma ricorda che durò tanto, che mio padre la prese e la portò nell'impluvio perché già ogni bicchiere della casa si era infranto al pavimento e le colonne stesse scricchiolavano. Ricordano l'acqua fredda attorno alle caviglie, le preghiere, l'urlo di uno schiavo esattamente prima dello schianto che gli avrebbe fracassato il cranio.

Mia madre svenne e le si bagnò la veste del liquido caldo che le riempiva il ventre, ma il terremoto passò, e io sono nato così: sotto il cielo stellato, da un corpo senza coscienza, al centro della terra. Eravamo a casa del migliore amico di mio padre, e poiché mamma sopravvisse e il mio cuore batteva, mi chiamarono Lucio, come lui. Un fantoccino che lo raffigura è tra i miei penati.

Allora non si temevano i terremoti: le travi reggevano i pavimenti e li riportavano al loro posto. Con il passare dei mesi si intuivano piccole fratture orizzontali nei muri, e bisognava riparare le vasche: ché non perdessero acqua. Allora noi bambini ci inventavamo un gioco: rubavamo le tessere dei mosaici staccate dai pavimenti, le lanciavamo in avanti, segnando caselle nella sabbia e saltandoci su con un piede solo, fino alla tessera lanciata.

Il terremoto era attorno a noi, sempre, faceva parte della natura. Prima di tutti gli altri lo intuivano i cani. Iniziavano a latrare richiamando i lupi dal monte. Nelle case gli schiavi li zittivano, ma quelli continuavano a ringhiare sotto i tavoli o ai piedi dei padroni, bassi, al suolo, si lagnavano, erano nervosi per giorni.

Il vino impazziva nelle cantine.

Poi il terremoto arrivava, e noi lo sentivamo se eravamo stesi, oppure scappavamo fuori se il precettore ce lo diceva, oppure nulla: a cavallo o su un carro, o a volte anche solo camminando non te ne accorgevi. Dopo, tutto tornava normale, la terra si assestava, con scosse sempre più rade, come le anatre staccate dallo stormo nella migrazione: passate le ultime, non ci pensavamo più.

Ma nell'anno della mia nascita, nell'ora della mia nascita, accadde che un intero gregge di pecore era morto poco fuori la città, e nei giorni seguenti, mentre gli architetti organizzavano i lavori, la famiglia di Lucio venne a vivere a casa nostra. Così dentro c'era una stanza tiepida, ombreggiata, in cui sua moglie, che aveva già avuto due figli, insegnava a mia madre a tirarsi via il latte dal seno: con una spugna imbevuta di acqua calda lo facevano, una spugna che veniva dal mare – e io ci ho sempre pensato, dopo, a sentire quel racconto, che un essere marino assorbiva il latte che avrebbe dovuto nutrire me.

E fuori, dappertutto, ovunque attorno a noi, le donne della città cardavano la lana tosata alle bestie in putrefazione, per farne mantelli da tingere.

Quando la nuova casa fu sistemata, per inaugurarla si fece una grande festa. Sulla base del larario Lucio ordinò che fossero scolpiti due rilievi a ricordo dei crolli, così poi negli anni a venire quello è stato il mio posto preferito: nei pomeriggi assolati mi fermavo a prendere ombra da lui prima di tornare a casa e andavo a passare le mani sul marmo. Sentivo comparire sotto i polpastrelli il tempio di Giove in rovina, e la porta crollata, e mi dicevo: da qui io vengo.

Con i suoi figli ero cresciuto come tra fratelli: potevamo rivolgerci ai genitori dell'uno o dell'altro allo stesso modo, chiedere al mio schiavo o al suo le nostre merende o di sellare il cavallo, scostare le tende dalle porte senza avvisare, ed entrare nelle case con la certezza che ci avremmo trovato quello che ci serviva. Vivevamo nello stesso isolato, e la strada era piena di percorsi da inventarci attraverso i cortili e le porte retrostanti i giardini. Lungo la via dell'abbondanza c'era una casa che continuava nel suo viridario: erano proprio le stanze a finire nelle aiuole, le mura stesse diventavano piante di artemisia e assenzio, seguendo la canaletta di scorrimento dell'acqua ti trovavi tra le felci, e i festoni di vite mascheravano il muro in fondo.

Lavinia era di poco più grande di me, forse due anni: la portavo davanti ai rilievi di marmo dietro la sua cucina e mi vantavo di avere proprio lì un segno della mia nascita. Durante un viaggio dei nostri genitori a Roma eravamo rimasti nella stessa casa, all'angolo tra la via che porta al monte e quella che va a Nola, per tre giorni e tre notti che non avrei dimenticato mai, e la cui memoria mi è necessaria a dare senso alla vita: afferrare la felicità nell'istante in cui essa si posa su di noi come si fa con le farfalle.

Appena i genitori furono partiti la casa si era accresciuta in una serie infinita di stanze e finestre e porte e tende che davano l'una nell'altra e di cui eravamo i principi incontrastati. Avremmo dovuto obbedire, certo, a quello che dicevano le nostre balie, ma noi eravamo i loro padroni, pur essendone soggetti, e questa forza si sentiva, era un gioco di potere senza acredine. Io e Flavio saltavamo sui letti come se fossero zattere, gettavamo le coperte giù nel peristilio sperando di farle planare sulle balie, poi, durante la notte, ci alzavamo mentre russavano e ci incontravamo davanti alla grande lamina d'argento in cui la padrona di casa si acconciava i capelli. Silenziosi e bassi, eccitati dal nostro stesso azzardo, attenti ai sussulti delle balie. Non volevamo che il giorno finisse, questo era tutto.

Alla terza notte Flavio si era addormentato sfatto, avevo tentato di svegliarlo ma mi ero preso una sgridata. Poi, nel buio, avevo sentito finalmente le sue unghie bussare tre volte sulla lamina d'argento, allora ero strisciato giù e avevo trovato la bocca di Lavinia.

Era la sua perché stava ridendo e io riconoscevo lo spazio che aveva tra i denti davanti. Allora non avevo tolto la mano, ma anzi avevo continuato a cercare e le ero entrato con due dita in bocca. Lei se lo lasciava fare, la teneva aperta e io cercavo, come quando mi immergo e passo le dita sulle spugne e mi taglio sui coralli. Toccavo i denti, la lingua, le labbra, e non riuscivo più a smettere, non potevo più togliere le dita da lì. Lei restava con la bocca aperta, ferma, nel buio, a farsi cercare le anfore delle navi sommerse e le razze luminose.

Poi Ascla, la balia, si era alzata a sedere sul letto, e Lavinia era scappata via da dove era venuta: una grotta sottomarina solo mia che pareva il passaggio per il futuro.

Amavo le gite. O meglio: le volevo fortemente quando me le prospettavano, o tra di noi bambini ne organizzavamo una. Le desideravo e diventavano una cosa bella da guardare in avanti, poi, a mano a mano che si avvicinava il giorno, si avvicinava anche quell'emozione, e mi travolgeva fino a farmi star male. La sera prima ero completamente prostrato, volevo che arrivasse l'alba e insieme la temevo. Imparavo, senza poterlo ancora sapere, che convivono il buio e la luce. Tutto quel fremere degli uccelli a sera, quando rincasano sugli alberi ondeggiando come fossero la forma del vento. L'ululare dei cani alla luna: non sono il canto dello stupore? Non stanno lì per ripetere da bestie quello che gli umani sentono da bambini finché il rumore del mondo, e la voce che si fa bassa in gola, e la toga coprono quella contraddizione? Io soffrivo enormemente per quello che desideravo, e soffrivo di più quando stavo per coglierlo.

Poi finalmente il giorno della gita arrivava, e il mondo mi travolgeva, non era più fatto dalla mia immaginazione, ma era vero, ed era sempre meglio di come l'avevo immaginato.

Ricordo.

il giardino di pietra dove mi fecero abbandonare un gatto che amavo. una matrona che innaffiava da sola le rose. una macina grandissima, mossa dall'acqua di un torrente che si riversava dopo poco a mare.

Ci potevano arrivare solo gli schiavi, ma noi bambini ci infilavamo dietro di loro per andare a guardare la grande pietra che girava. Lì, sotto gli alberi di arance, trovai una stella marina, grigia e verde, poi un'altra e un'altra ancora: la terra era piena di stelle.

"C'è stata una mareggiata," disse Flavio.

'Il mare mi aspetta,' pensai io.

Ancora quando avevo sei o sette anni, Pompei era piena di operai che arrivavano da ogni paese. Avevano magnifiche scatolette di scalpelli e attrezzi e colori, per strada sentivi parlare dialetti incomprensibili, dire cose turpi che ci facevano ridere. Andavamo spesso a giocare dove stavano i muratori, fra buche e sabbia, cespugli e pietre: e c'era una trave sospesa tra due massi. Su quella io non riuscivo a poggiare il secondo piede davanti al primo. Salivo lo scalino, poi guardavo: e il posto in cui poggiavo il piede era sempre oltre di una misura. Cadevo. Poi imparai a prendere a riferimento la punta dell'altro piede, ma alla fine della trave, quando dovevo scendere, avevo bisogno di appoggiarmi, come un vecchio senatore.

Pensavo che fosse un inciampo dei piedi.

Ne parlai con mia madre, lei mi disse: "Non ti preoccupare, non è niente".

E lì, dietro quella tenda spessa del niente, nascose tutto quello che mi rendeva inquieto.

Ogni tanto ci toccava un pomeriggio alla confraternita per preparare uno spettacolo: celebrazioni in cui ci annoiavamo noi per primi, robaccia che dovrebbe essere comminata come colpa per i reati, un supplizio: per noi che recitavamo e per quei genitori che dovevano venire a vederci. Quell'anno c'era una scena che ci turbava tutti. Era l'arrivo di Odisseo sull'isola quando vede Nausicaa che gioca a palla con le ancelle. Odisseo doveva recuperare la palla finita sulla spiaggia e riportarla alla principessa. Io non riuscivo mai ad acchiapparla. Cadeva, il maestro ci chiedeva di rifare la scena, la palla tornava a cadere, le ragazze ridevano.

Dopo, mi lasciavo prendere in giro: preferivo che pensassero che ero come loro: emozionato per le ragazze, perché la storia la conoscevamo bene e ce le immaginavamo tutte nude. E certo le avrei volute toccare nude pure io bambino, quelle bambine, avrei voluto sapere tutte quelle cose di cui parlavamo e di cui non sapevamo nulla. Ma io ero turbato perché quello che riusciva agli altri non riusciva a me.

Nessuno si meravigliava, nessuno faceva domande, e io me ne tornavo in giardino, mi stendevo sul bordo dell'impluvio con le mani dietro la testa e guardavo il cielo quadrato del portico.

Piano piano arrivava una luna tonda come la palla che non avrei afferrato, luminosa e dai contorni vaghi.


Quando non riuscivo a dormire Ascla mi raccontava la storia di un dio. Me ne andavo così nel bosco dove la ninfa veniva sedotta da Giove fatto persona o al fiume in cui viene bagnato un bambino che deve diventare invincibile.

Di tutte le storie, mi piacevano di più quelle in cui gli

uomini si provavano a far cose da dei, oppure in cui gli dei si innamoravano degli uomini. Perché io ho pensato molte volte di avere incontrato un dio o di essermi avvicinato a esso o che mi avesse scelto, o chiamato. E comunque sia, senza esagerarne la devozione come facevano Ascla e Orazio, io ho sempre camminato con la certezza che, a voler risplendere, pure l'ultimo degli uomini avrebbe potuto, perché ciò che conosciamo come umano è intessuto di divino.

La storia che mi diede per la prima volta la scintilla di quello che sarei voluto diventare era infatti una storia umana. Ascla mi raccontava che Servio Tullio era nato poverissimo da una schiava come lei che serviva dal re Tarquinio. Eppure un giorno, mentre era nella culla, gli era brillata una fiamma sulla testa. E infatti era diventato re a sua volta, era vissuto tantissimo e aveva fatto grandi cose. Ma quello che mi interessava di più era che la Fortuna si era innamorata di lui, benché fosse un mortale, e la notte andava ad amarlo a casa sua entrando da una finestrella.

"E come andò a finire?"

"Non lo so."

"Si sposarono?"

"No, lui era già sposato."

"E lei?"

"E lei che si sposava a fare, lei era la Fortuna, andava a baciare chi le pareva, e chi veniva baciato poi aveva successo qualunque impresa cominciasse."

A me, però, più che la questione delle imprese, che certo doveva avere una sua importanza nella vita degli adulti, mi interessava quel bacio. Quel bacio effimero, dato a mille e mille ancora, quel bacio adultero, senza possibilità per me, piccolo uomo, di resistere a una dea che di notte entrava dalla finestra, proprio quella che Ascla si curava di chiudere bene d'inverno e di velare appena d'estate. Mi chiedevo: "Saprò riconoscerla quando verrà? Saprò tenerla con me? Saprò farla felice?".

Erano domande stupide perché la Fortuna è felice di suo e non ha certo bisogno del contributo di un uomo per goderne, piuttosto noi uomini siamo un mezzo affinché lei possa manifestarsi. Facciamo o non facciamo, siamo o non siamo: è lei che sceglie, entra dalla finestrella che la nutrice o lo schiavo o la moglie o il prefetto del comparto presso cui rendi servizio si sono premurati di sprangare, e ti fa ridere.

Una risata dentro cui esplodono tutte le promesse.

Comunque io la Fortuna la aspettavo e, se non mi addormentavo prima, me ne uscivo veloce dal letto e le andavo ad allentare, quelle imposte.

Ognuno di noi dentro di sé sa cosa vuole, sempre, anche quando si professa disorientato. Ma quando si è molto giovani le possibilità della vita si partono da noi come raggi da una stella: sono tutti ugualmente splendenti, e per me quel bacio significava che uno di quei raggi sarebbe stato mio.

Mi comparve tra i piedi una volta che avevo accompagnato mio padre da Cassio, un suo amico molto ricco, che aveva una bellissima casa in città.

Una casa che sotto aveva le botteghe, e una panetteria

da cui usciva sempre, per tutto il giorno, un odore dolce e caldo che ti abbracciava per molti isolati. Nella mia memoria quella casa è rimasta a rappresentare Pompei. Era alta e bassa assieme perché era stata costruita su un terrapieno che divideva due lati della strada, nel punto in cui la casa cambiava di livello c'era un giardino selvaggio, pieno di piante che negli anni seguenti avrei saputo riconoscere, ma a quell'epoca mi sembravano nate di loro volontà, senza controllo come invece avveniva a casa nostra, dove c'era sempre uno schiavo a sistemare le bordure e mia madre stessa si dedicava a coltivare le rose. Lì invece il giardino assumeva le forme di un bosco, le colonne come tronchi ordinati ai suoi lati, e poi sulla strada le botteghe con le insegne e la merce offerta, colorata, che creava il desiderio di possederla. Più dentro invece, negli appartamenti della famiglia, tutto era elegante e pensato, ogni oggetto con cui erano arredati veniva da un luogo diverso della terra, in ogni anfora, in ogni piatto, in ogni lanterna c'era il ricordo di un viaggio.

"Vieni, Lucio, porta a mamma questo rossetto quando torni a casa, si mette sulle labbra e sulle guance. Sai dove l'ho comprato? Ad Alessandria. Di fronte alla città c'è una piccola isoletta con sopra una enorme torre quadrata, ma non grande: grandissima, tutta ricoperta di marmo bianco che luccica sotto il sole. E per farla luccicare di più, dentro le finestre hanno messo delle lastre di bronzo e gli schiavi le lucidano tutte le notti, così il sole ci arriva e ti abbaglia. Ma le navi, Lucio, le navi lo vedono da lontano, da lontanissimo, e sanno che lì c'è l'ingresso del porto, e le secche di sabbia e tutto. E, quando tramonta il sole loro, dico gli egizi, se ne conservano un poco."

"Di sole?"

"Sì, se ne conservano un poco in un braciere e lo tengono acceso finché non torna."

Dentro le cose di Cassio ce ne erano altre: c'erano uomini con la pelle scura e gli occhi luminosi e il fallo enorme, c'era un cimitero delle navi in secca, il timpano di un intero tempio sprofondato su un'isola greca intorno a cui i bambini e i pesci andavano a giocare, e c'erano donne belle e donne brutte, che sapevano cantare o fare l'amore, e uomini come donne e donne come uomini.

"Però io sto bene solo quando torno qua, cammino per le mie strade, ceno con mia moglie, incontro gli amici come tuo padre. Vieni."

Mi aveva portato nell'atrio e si era fermato di fronte alla porta d'ingresso, poi con la lanterna ci aveva illuminato i piedi: e sotto le suole dei sandali c'erano sei prue di navi ormeggiate in un porto.

"Sono le quadriremi con cui ho iniziato la mia sorte, le prime che ho fatto costruire, e questo è il porto, dove ho ora i cantieri navali. Metà della flotta ravennate è fatta dalle mie navi, me le commissionano anche da Marsiglia. Ho fatto fare questo mosaico per ricordarmi da dove vengo e dove tornare: io sono come una di quelle navi quando sto qui dentro. Tieni."

Mi aveva passato la lanterna ed era tornato nell'ombra verso le stanze che conosceva bene.

Io mi ero accovacciato sul pavimento e avevo cominciato a toccarne le tessere. Le mie dita seguivano la curva perfetta del legno stoccato a stagionare, entravano sotto coperta tra gli orci pieni di olio e vino, risalivano per gli alberi, tra le vele, si intrecciavano alle gomene. Una due tre quattro cinque sei. La più bella era la terza, con un occhio nero e bianco dipinto sulla chiglia.

Credo che l'unica Parca con cui si possa avere a che fare sia quella di mezzo. Certo, quella che mi aveva iniziato la vita l'aveva dovuta cavar via dalla terra tremante, e quella che reciderà il filo... ma a quell'epoca, chi ci pensava? Io alla morte non ci pensavo mai, anche se tutto l'insegnamento della filosofia e ogni statua del foro stava messa lì solo per questo. Ma a me interessava avere a che fare con la Parca di mezzo, quella che tesseva per mio conto il filo. E c'è stato un momento in cui io ho capito che non la si poteva lasciar fare e che bisognava adoperarsi.

Fu nei giorni in cui avevo rischiato di annegare.

Un pomeriggio con Flavio e Claudio avevamo buttato i vestiti sulla sabbia e ci eravamo tuffati. Io mi ero spinto più in là, nuotavo bene, mi piaceva allungarmi in acqua e ogni volta che tiravo su lo sguardo per respirare vedevo solo questo: il mio braccio teso che si faceva nello sforzo, si contraeva e si dilatava, la pelle lucida che si asciugava in pochi istanti, per poi tornare dentro. Nelle orecchie una pressione gentile che mi teneva fuori dai suoni del mondo, scivolare, nessuno sforzo, nessun affanno, continuare, la luce, la vita facile.

Dopo, mi ero accorto di essere uscito dalla piccola baia, di essermi spinto molto più al largo, di aver nuotato per chissà quanto. Dopo, ero da solo che neppure vedevo più cosa ci fosse sulla riva, né la distinguevo se il mare ingrossava: vedevo il monte e non riuscivo a calcolarne la distanza. Ero stanco, non disperai di poter tornare indietro, ma poi le onde si fecero grosse e resister loro era impossibile. Ogni volta che provavo ad andare, bevevo. Allora mi stesi sulla superficie dell'acqua come avevo imparato a fare, le orecchie dentro e il petto gonfio di aria: ogni respiro era abbastanza. A volte nella vita un respiro è abbastanza.

Altre volte, quando mi ero spinto troppo più in là, lungo le rocce del monte, troppo più in alto sul tronco del castagno, per troppo tempo nella città fino a sera, una voce o uno scappellotto alla nuca o un braccio mi avevano salvato.

Quel giorno, a giugno, passò una barca di pescatori che mi prese su: e loro sì che erano spaventati per quella nuotata che avevo fatto. Avrebbero voluto darmi qualcosa con cui coprirmi e non avevano altro che i loro stessi abiti e una cesta di pesce. Io ero nudo, ma il mio anello diceva tutto di me, così mi riportarono in spiaggia e, quando si furono fatti molto vicino alla costa, intuii dalle voci che mi chiamavano che Flavio e Claudio non erano soli: annichiliti, mi avevano dato per morto, uno era tornato in città a dare l'allarme, finché mio padre era arrivato sulla spiaggia assieme a un greco. Fu lui a dare una mancia ai pescatori e lanciarmi i vestiti caldi di sole.

Erano tutti sovreccitati, arrabbiati con me.

"Non ero così lontano, ce la potevo fare."

"Come puoi non renderti conto che eri lontano?"

Allora questo greco, Alessandro, mi aveva messo una mano su un occhio e si era fatto buio.

"Non vede da un occhio, ecco perché non indovina le distanze."

Lo ritrovai già la mattina dopo, a casa.

Mi aveva messo in una stanza con le tende calate per tanto tempo a recuperare un poco del fondo di quell'occhio cieco, mi faceva prove per capire quanto vedessi sui testi, oppure quanto fosse acuta la mia percezione da lontano, provò con i colori, in varie ore del giorno, al chiuso e all'aperto.

Poi, mentre mia madre si disperava, le disse:

"Potrà leggere, studiare, avrà meno paura del pubblico nelle arringhe, sarà un ottimo senatore. Ha buona memoria?".

"Sì."

"Allora abbiamo tutto."

L'avevano detto ad alta voce, davanti a me. Un ottimo senatore. Un senatore. E tutti rasserenati avevano chiuso la faccenda pensando che quel problema di vista non fosse un problema. Era la prima volta che lo sentivo dire: sarei stato un senatore e non ci vedevo bene: un disastro per il capitano di una nave.

È stato in quel momento che ho capito che non si poteva lasciar fare alla Parca. Non dico che sarei andato a strapparle il filo di mano per far da solo, ma almeno tentare di torcerlo nel senso che volevo io.

Quando arrivò Alessandro nella mia vita sapevo leggere, scrivere, comporre piccole poesie in versi, avevo imparato il valore dei sesterzi e avevo giocato a lungo, con Orazio il liberto, a vendere e comprare. Ci mettevamo di là e di qua di un banco, con le pilette di soldi, e studiavamo le operazioni.

"Potrà ben farlo anche scrivendo sulla tavoletta, non c'è bisogno che si sporchi le mani con le monete," diceva Ascla.

"Ma sarà sul metallo che dovrà saperlo fare quando pagherà le sue avventure."

Ascla rideva, Orazio la sfidava, e tutto si componeva davanti ai miei occhi come la lotta, o meglio: come un allenamento alla lotta, quando si fa segno di tutte le mosse senza imprimervi la forza, e senza davvero volersi far male.

Mio padre aveva conosciuto Alessandro a Ercolano e mi aveva affidato a lui.

Alessandro aveva amministrato le finanze di Smirne e si era ritirato da console. Gli mancava, Smirne: non l'aveva mai lasciata. Le sue lezioni di geografia erano noiosissime, ma quando arrivavano lì si accendevano: e sulla mappa nascevano mercati e spezie, e ladri e cavalcate, e profumi. Sapeva di scienze naturali, di animali e piante e pietre e delle donne doveva sapere molto, anche se non diceva molto.

Lo accompagnavo sulle pendici del monte a studiare l'arco, ma a me non interessava davvero l'arco: mi interessava apprendere le tecniche per vedere da lontano senza poter contare sulla mia vista. Fingevo di interessarmi alla lepre: ma sognavo una battaglia navale.

Mi insegnò i venti.

"Stasera monterà l'Austro. Verrà da qui e scenderà fino alla città. Voglio che tu, quando sentirai muoversi le piante del giardino, vada a poggiare la mano sull'imposta della tua camera. Non l'aprire, poggia solo la mano. E poi annota quello che senti sulla tavoletta."

Per confondere la Parca ho dovuto cercare delle strategie.

Le strategie non sono solo quando all'improvviso si fa mezzogiorno e Sosio muove le sue navi in direzione di Leuca per iniziare la battaglia. Non è solo la determinazione di Cesare a Farsalo, che con ventimila uomini ne fa fuori il doppio e costringe Pompeo alla resa.

Tutti noi ogni giorno siamo Cesare.

Prima cosa ho deciso che non mi conveniva parlare del mio futuro con Alessandro né con i miei genitori: bisognava capire bene come stavano le cose senza dare la possibilità a nessuno di dire già: no.

"Cosa fa precisamente un senatore?" chiesi ad Ascla mentre mi pettinava.

"Non lo so, sono cose da maschi, Orazio, cosa fa un senatore?"

"Comanda, mette le tasse, scopa con chi vuole, perché?"

"E dai, davanti al ragazzo."

"Lucio, perché?"

"Io devo diventare un senatore."

"Minimo!"

"E il massimo qual è?"

"Il massimo è... vediamo: l'imperatore. Ma è complicato quello... fatti portare da tuo padre alla basilica, qualche volta."

Intanto mi sono allenato: mentre i musici intrattenevano gli ospiti a cena, io mi sedevo dietro una colonna, a terra, e cercavo di distinguere la lira dalla cetra, la voce del cantante da quella dello schiavo che motteggiava il padrone. Poi, nella conversazione, facevo lo stesso: loro parlavano tutti assieme e arrivava un brusio continuo di donne e uomini, coppe e risate. Io mi mettevo a tirar fuori da questa stoffa unica la trama, e poi, più attentamente ancora, ciascuno degli intrecci che la componeva.

Ugualmente ho fatto al monte: a occhi chiusi mi sono fatto passare le foglie. Il mirto, il corbezzolo, l'alloro, il vilburno e il rosmarino. C'è un disegno, nella foglia dell'acero, che è solo sua. Alessandro schiacciava le bacche tra le mani e me ne faceva sentire il profumo. Quando fui in grado di dar loro un nome cominciò a schiacciarne due diverse e le mischiava.

Ho studiato il volo degli uccelli come gli aruspici. Ne

ho ricavato meno del futuro e dell'Ade ma molto di più di quello che sarebbe successo di lì a poco: un temporale improvviso, la colonna di un incendio, un cavallo imbizzarrito. Una volta l'alzarsi di uno stormo di anatre rivelò solo un contadino in fuga da un nugolo di api. A ricordarmi che la realtà ha infiniti numeri che la nostra fantasia neppure può calcolare.

Ho imparato a leggere i segnali luminosi che le torri di avvistamento mandano alle navi. Ci sarà sempre qualcuno che lo farà per me, ma io, intanto, ho imparato: dalla spiaggia, al tramonto. Dalla finestra, la notte.

Mi ci volle molto tempo perché non succedeva mai niente a cui associarli, e non avevo nessuno che mi potesse dire se le mie letture fossero corrette. Quel modo di dirsi cose lo conoscevano solo i soldati che vivevano nelle torri e quelli che dovevano trascriverlo perché lo leggessero i comandanti. Persone con cui non avevo mai a che fare io.

Il primo anno memorizzai delle sequenze senza sapere cosa significassero. Dalla spiaggia vedevo due torri: ciascuna aveva tre lanterne disposte a triangolo. Accesa spenta accesa accesa accesa spenta. E l'altra torre, mentre io voltavo la testa da un capo all'altro del golfo, di nuovo: accesa spenta accesa accesa accesa spenta. Alcune sequenze erano troppo lunghe, e ne perdevo il conto, ma sempre, quando mi voltavo, riuscivo a indovinare che, almeno dal movimento che segnavano nell'aria, erano la stessa cosa. Stavano al mare come stanno le lucciole al monte.

Mandai a mente una sequenza breve, composta di tre successioni per ciascuna delle tre lanterne. Ne imparai altre.

"Sei sempre distratto."

"Stai sempre con la testa per aria."

Quell'anno andò così, le disegnavo sul mio diario. Cerchio pieno era lanterna accesa, cerchio vuoto lanterna spenta.

C'erano delle costanti. Un certo modo di lampeggiare ritornava in tutte le sequenze. Mi convinsi che dovesse essere un saluto, o il nome dell'imperatore, o un segno di allerta.

Poi un pomeriggio, sul tardi, la procedura iniziò con l'esposizione intermittente di una lampada per dodici volte – me lo ricordo perché in quei giorni avevo compiuto dodici anni –. L'altra torre rispose dodici, e solo lì partirono i segnali luminosi.

E allora successe una cosa che ha a che fare con la nascita o con l'amore: io fui in grado di comprendere, io lessi M I S E N O, era quella la parola che si ripeteva sempre. M I S E N O. Sistemata quella il resto del codice venne da solo.

Le torri trasmettevano la notizia dell'occupazione del territorio che si trova tra l'alto corso del Reno e il Danubio.

Rientrai in città con un segreto dentro il petto, un segreto piccolo e temporaneo: ché già ogni angolo dell'impero aveva ricevuto la stessa notizia, già solerti trascrittori avevano consegnato tavolette con lo stesso messaggio che a me era arrivato dall'aria. Già quella sera sulle mense si brindava alla conquista. Ma: io rientrando dalla porta del mare, scansando carri e muratori, io camminando veloce verso casa, con il cappuccio sugli occhi perché nessuno mi fermasse, nessuno mi salutasse, custodivo nel cuore un traguardo invisibile e mio.

Di lì a poco arrivò in porto, tutta china da un lato, quasi stesse per affondare, una grande oneraria. Era un approdo imprevisto: trasportava un carico di anfore vinarie e doveva arrivare fino in Gallia. Ma avevano avuto bisogno di una riparazione. Noi ragazzi corremmo a vederla: era altissima all'ormeggio, e ne scendevano marinai bianchi come le vele: raccontavano che per poco non avevano perduto tutto.

Con Flavio e Claudio restammo seduti fino a sera sulle bitte, a guardare tutta quella confusione che ci cresceva attorno. Finché loro si annoiarono, e quando si decise di tornare in città io dissi:

"Voglio salire".

"Non puoi, abbiamo il divieto."

"Io non vado lì su a prendermi la peste."

"Io sì."

Così mi misi dietro un artigiano che era stato mandato a bordo, come fossi il suo apprendista. La nave era enorme e bellissima. Sul ponte c'erano due marinai seduti a giocare a dadi, ma lo facevano con una lentezza estenuante, come se fossero ubriachi, quasi perdendo l'equilibrio a ogni lancio. Mi guardarono senza guardarmi davvero e continuarono. A prua un gabbiano, indisturbato come i marinai, sventrava un pesce; lì c'era una botola aperta e scesi con una scaletta di corda dentro la stiva. Mi sentii afferrare per la gola: era un uomo enorme; non voleva strozzarmi, credo, ma mi sollevò tutto intero.

"Cosa sei venuto a rubare? Chi ti ha fatto salire? È il vostro apprendista?"

"No," disse l'artigiano, ma poiché era un uomo di città vide che non potevo essere un ladro. Lo vide dai sandali, dagli abiti, dall'anello.

"Mettilo giù, forza, cosa può rubare qui? A chi appartieni, ragazzo?"

"Al proconsole di Cirenaica."

"Perché sei salito?"

"Volevo vedere la nave da dentro."

Il marinaio mi tirò fuori per il polso – mi ha fatto male per tre giorni, dopo – e mi assicurò all'ufficiale del molo, che dichiarò conclusa la visita in mare e la questione in terra e mi disse di correre subito a casa. Neppure mezz'ora dopo mio padre era informato.

"Perché sei salito?"

"Volevo vederla da dentro."

"Va bene, domani chiediamo a Cassio di accompagnarti. L'ha fabbricata lui quella nave."

Quando ci tornai con Cassio, la nave si era trasformata. Era pulita, sana, placida e ferma. Il marinaio enorme aveva un bel grembiule di pelle e la stava ramazzando con una scopetta.

La nave si chiamava Olor e aveva una grande vela quadra e un albero prodiero e, sovrapposta, una vela triangolare. Cassio mi spiegava ogni cosa:

"Aumenta la superficie e va più veloce".

Il sartiame era enorme, robusto come radici.

"Serve per fare le manovre."

A poppa c'era una cabina con porte e finestre, l'aplustre aveva la forma di una testa di cigno.

I due marinai che il giorno prima giocavano imbambolati ora stavano cuocendo una zuppa su un piccolo fuoco e me ne offrirono un mestolo. Io l'accettai.

Era schifoso ma ingoiai e sorrisi.

Cassio, che conosceva la cucina della mia casa, lesse ogni espressione e ogni movimento.

Quella sera, quando mi riportò a casa, disse tutto orgoglioso a mio padre:

"Se un ragazzino di questa età manda giù un mestolo di frumento e colatura di alici vuol dire che farebbe qualsiasi cosa per stare a bordo di una nave".

Lì è stato il momento in cui tutto è diventato difficile. Perché quella frase si è insinuata tra noi, splendente come il desiderio.


L'idea che ci facciamo del mondo è il mondo finché non ci diranno, no ce n'è un'altra porzione, no ci sono altre leggi, no non ci vedi bene – oppure non te lo diranno mai e allora ti crederai quel mondo finché non arriverà il sicario a rimetterti al tuo posto.

Nessuno mi disse no, piuttosto fu ovvio che era impossibile. Per guidare una nave devi essere un equestre, o anche meno, e io appartenevo a un altro mondo. Per guidare una nave devi avere gli occhi di Argo, o almeno due. Così la parola stessa *nave* ci metteva in difficoltà, a casa si cambiava discorso, Alessandro cominciò a raccontarmi qualcosa della scuola di retorica: amici, libri, conversazioni, portici, e poi, fuori: tutta intera Roma.

Ma io i miei amici li avevo, erano quelli con cui catturavamo le bisce per terrorizzare le ragazze, e i rotoli che mi servivano me li potevo procurare pure qui – e non ne avevo nessuna voglia –, le chiacchiere più interessanti erano con i marinai alla sera scendendo dalle torri dei cantieri navali, e più grande di Roma: avevo il mare.

Tornammo a fare lezioni sul monte. Finirono i giorni dei bagni, delle galoppate in spiaggia. Ero dietro le colonne del peristilio quando sentii parlare i miei genitori.

"L'avessi saputo, non l'avrei mandato con Cassio al cantiere."

"Sembrava un gioco."

"Va bene," dissi alla Parca, "fai tu, io tengo solo in mano il filo un altro poco."

Provai a sentire come loro volevano che sentissi, provai a non pensarci. Certo, si può. Per lunghi giorni ti frastorni di cose belle, ti arrendi alle chiacchiere degli altri, vai a letto presto, dormi molto, ricominci.

Ma se poi basta quel gabbiano che si stacca dalla terra, libero, per precipitarti di nuovo nel desiderio con tutta la sua violenza. Perché il desiderio è violento, si innalza dalla terra, è il cuore stesso della terra, e noi siamo terreni.

Non ero più così piccolo e ingenuo da non sapere cosa sarebbe stato meglio per me, e fin dove la carriera di mio padre, il rango e le amicizie avrebbero potuto spingermi una volta arrivato a Roma. Non ero abbastanza singolare da non dar peso al fatto che pochi ragazzi partono dalla provincia e vanno a cena con l'Augusto. Alessandro sì, lui doveva essere quello singolare e pure lui preferiva parlarmi di stoicismo. Erano tutti allineati, dovevo per forza camminare anche io su quella strada se non avessi voluto perderli. Mi dissi: hai già abbastanza, è tutto facile, altri ti invidiano, siediti comodo.

Cassio indovinava i miei sentimenti perché c'era tra di noi il legame del mare. E io indovinavo la trappola nei suoi discorsi.

"Vai, rischi la vita, torni: e ti trovi solo un mucchio di soldi e nessun prestigio, nessuno che ti riconosca. Solo tuo padre mi vuole bene, è l'unico amico che ho tra i nobili. Se hai una intera flotta di navi sei come un pescatore: chi conta davvero ti ripaga con il massimo disprezzo."

"Qual è il massimo disprezzo?"

"I soldi."

"A tutti piacciono i soldi."

"No, solo a chi non li ha. Tu pensi ai soldi?"

"No."

"Ecco. Tu sei già quello che io non potrò mai comprare per i miei figli: la tua nascita."

"Farei subito a cambio con te."

"Anche io ma non si può."

"Odio il mio rango, e odio quest'occhio, e odio Pompei."

"Che ti importa di quell'occhio? Non è un tuo problema, avrai sempre chi farà cose per te e ci vedi abbastanza per fare quello che ti pare, io ho un marinaio a cui mancano tutti e due e che si muove meglio di me."

"Me lo fai conoscere, Cassio?"

"No."

"Per favore."

"No."

"Dopo i giochi."

"No."


Questi giochi, molto attesi in città, li stava offrendo il padre di Claudio, Satrio, perché era diventato funzionario eletto, e io e Flavio ci saremmo seduti assieme a loro, davanti a tutto.

"Ci arrivano gli schizzi di sangue in faccia!" ci aveva promesso Claudio.

Alessandro trovava questi spettacoli ripugnanti, parlava davanti a mamma e quindi non capivo mai se parlasse per me, per farmi sapere che esistono altri modi di vedere il mondo che non si fermano dove si ferma Roma, oppure se parlava per rivelare a lei cosa teneva nel cuore, per sfidarne le tradizioni, per invitarla a pensare allo scandalo, così da rendere possibili anche altri scandali.

"Sono modi barbari di trattare gli uomini e le bestie,

che nascono liberi e cercano di restarlo fino alla morte mentre voi battete le mani."

Disprezzava anche chi li pagava: "Chi offre giochi così costosi deve farsi perdonare cose costose dai cittadini".

La notte prima nessuno di noi aveva dormito: sul muro fuori la mia casa avevano affisso il manifesto con il nome di Satrio e di Claudio scritti grandi, e la promessa di venti coppie di gladiatori.

La cosa più emozionante fu vedere quelle persone tutte assieme. Era come se Pompei si fosse seduta attorno a noi, e ondeggiava quando ondeggiavamo, e urlava quando urlavamo e taceva nel silenzio.

Poi piano piano il respiro tornò regolare e cominciammo ad appassionarci a quello che succedeva nella sabbia. Il tempo andava veloce, ci rendevamo conto che le giornate procedevano perché il carro del sole disegnava l'ovale stesso dell'anfiteatro sulle gradinate, e, più tardi, disegnava un pino.

Qualche volta Claudio si girava verso di noi per salutarci, ma quasi tutto il tempo lo passò a prendere le mosse del padre. Satrio aveva deciso così: che dove non fossero state chiare le vittorie dei combattimenti, sarebbe stato il figlio a decidere, e Claudio li salvò tutti, perché amava i gladiatori, erano la sua parte oscura – l'ho capito solo a Roma, iniziandomi ai misteri. Caduto il mantello, lasciato il cavallo, dimenticato Cesare, nessun ragazzo addestrato di spada sognava il senato. I soldi del senato, sì, i suoi matrimoni, le sue case, la sua gloria. Ma dentro i muscoli che si formavano, in quella smania che ci prendeva alle prime ore della mattina, e ogni volta che ci ungevamo di olio, in ogni posto del nostro corpo, muti, in silenzio, senza poterlo dire neppure a quei padri che forse avevano percorso anni addietro i nostri stessi sogni: noi tutti eravamo solo o marinai o gladiatori.

A metà del quarto giorno arrivò mio padre. Venne a sedersi con noi ragazzi e ci restò fino alla fine. Ci chiedeva i nomi dei reziarii, e cosa fosse successo e di quale città erano, e rideva, e mi guardava come se mi stesse vedendo nuovo. A volte mi abbracciava per sentirmi le spalle: ero l'incarnazione del suo esserci e del suo partire. Poi ci disse che Satrio era molto arrabbiato con il figlio, perché aveva salvato tutti i gladiatori.

Dalla provincia portò un regalo a mamma: uno specchio diverso da quelli che avevamo in casa e pure alle terme. Nella cornice di metallo c'era un fondo lucido che faceva un riflesso chiarissimo.

Mamma aprì la cassetta di legno, e poi con cura tolse la paglia che lo accoglieva e poi, in ginocchio sul tappeto, vide la sua immagine come se fosse china su uno stagno.

Mi ci affacciai anche io. Ero guercio. Cioè si vedeva. Avevo un occhio che guardava verso il naso come quei vecchi che tornavano dalle battaglie – da quel giorno non ho mai più raccolto i capelli e Aulo me li avrebbe tirati e baciati facendo l'amore.

"Perché non mi hai mai detto che è storto?" chiesi a mia madre.

"Non è storto, è storto?"

Poi tornò a sé. Si guardava allo specchio e si passava

le mani sulla fronte, sotto gli occhi, sul mento. Mi parlò guardandomi da lì.

"Così sono io?"

"Così."

"Assomiglio a questo riflesso?"

"Sì."

"Non lo avrei creduto. Queste ombre, questi solchi, sembro un campo arato male."

Allora mi ero messo con la guancia stretta alla sua in modo che le nostre facce stessero assieme lì dentro: e venivano dalla stessa terra.

Questa specie di disperazione sotterranea di mia madre emergeva a tratti e me la faceva amare di più, perché riconoscevo in essa, nell'accettazione di ogni cosa che arrivava, di ogni viaggio di mio padre, di ogni ruolo che gli altri si aspettavano da lei, il suo arrendersi alla Parca di mezzo. Ci si arrende, è giusto, è la cosa più saggia da fare e non comporta fatica: semplicemente, la si lascia filare. Io per me non lo volevo, ma lei forse aveva avuto me proprio per essersi arresa nell'attimo in cui avrebbe potuto tirarle via il suo filo di mano.

Prima di partire per la villa di campagna l'accompagnavo al mercato. Il mercato non era un posto per le matrone: ci andavano i patrizi per prender schiavi o gli schiavi per prender merci, ma tutto quello che poteva servire a una donna come mia madre le arrivava in casa. A lei invece metteva allegria, o meglio: la sollevava dalla tristezza. E per godere di quel sollievo andavo sotto braccio con lei. L'ora era ancora alta, e avevamo molte cose da fare. Già tanta gente batteva la nostra stessa strada, tanta merce, tante ruote, tante voci che avvolgevano e mi piaceva lasciarmi avvolgere e tornarci, ed essere parte di loro, ecco: questo più di tutto.

Mi piaceva sentirmi parte di una cosa più grande che mi riconosceva, mi riconosceva al punto di non curarsi di me.

Vivevo infatti la stanchezza del figlio unico, su cui è fisso ogni sguardo e di cui si intuisce ogni sospiro. Stavo crescendo, il corpo stesso, la pelle mi stavano stretti, all'alba non mi riconoscevo più, tanto il mio corpo si trasformava, avrei voluto controllare ogni cosa e decidere, e invece ero controllato e su di me veniva agita la decisione. Così, seguendo mamma sulla via ingombra, a curiosare nelle botteghe, tra i venditori che urlavano in un dialetto sformato, seguendo quella donna assente e irrorata di luce mi potevo perdere anche io, potevo sognare con un poco più di concretezza il mio futuro che era vicinissimo, incombente come il monte.

Le ville di campagna, lungo un miglio, erano fatte tutte allo stesso modo: con l'ingresso sulla strada, e il retro degradante su un giardino che a terrazze arrivava fino al mare. La villa più bella era quella di Rectina, che ci viveva l'intero anno. Quando Rectina sapeva che qualcuno dalla città si stava trasferendo per dei giorni in campagna, mandava i suoi servi alla mattina con grandi cesti di frutta e anfore di vino, e poi alla sera la vedevi arrivare a piedi, da sola, e così andava via, dopo qualche ora, portando lei stessa la torcia.

"Non ha paura o non ha schiavi?" dicevano le altre matrone.

"È una donna libera," rispondeva mia madre, e io indovinavo un dolore pure in quella risposta.

Ci conoscevamo tutti, gli schiavi aprivano i cancelli, facevano sistemare gli ospiti nelle stanze, ma noi ragazzi eravamo già scesi da un pezzo dai cavalli e ci eravamo avviati lungo i filari di aranci. In estate, di sera, spandevano un profumo che ci stordiva. I genitori si ubriacavano per giorni, li sentivi solo cantare, vomitare, dormire.

Noi avevamo una vita nostra fatta di cani, cavalli e bagni al mare. Giocavamo con i figli degli schiavi, che erano nati lì e non avevano mai visto la città. La sera dormivamo con piccole prede raccolte sulla spiaggia: una rana tenuta in una pentola, un bastoncino leggero trascinato dalla corrente a cui avevamo dato un potere speciale, quel sasso levigato che ci aveva fatto vincere la gara saltando le onde a una a una.

In inverno si stava in casa davanti ai bracieri, le scorribande erano nelle cucine per rubare castagne o intingere pezzi di pane nelle zuppe di pesce che bollivano. Io mi stendevo sul triclinio con mio padre, gli poggiavo la testa sulle gambe e sentivo le storie dell'imperatore alle porte di Gerusalemme. Di quelle navi con cui aveva risalito il

Nilo immaginavo tutto: i nomi e le velature e il numero dei remi.

"Lì il fiume va dall'altra parte, anche se non c'era vento e l'aria era immobile, la corrente tirava e abbiamo usato quattro ordini di rematori, perché bisognava far veloce…"

"Dovevano andare più veloci delle zanzare."

Quando cominciavano a litigare ce ne andavamo.

Era stato forse per un'ubriacatura tirata avanti per troppe ore che Satrio aveva dato l'ordine di uccidere quel ragazzo.

Urlava che gli aveva rubato una fibbia d'oro e aveva tentato di scappare con il suo cavallo, ma tutti nella casa dicevano che non era vero.

Mio padre e il marito di Rectina nel corso della notte tentarono di distoglierlo dall'idea. Mentre gli altri dormivano io restai dietro la tenda ad ascoltarli, reso immobile dal mio stesso terrore.

Gli dissero quello che potevano:

"Tenerlo in catene sarà più esemplare per gli altri schiavi".

"Non puoi uccidere per un furto, ne dovrai rispondere a Roma."

Pensai di andar giù nella vigna a guardare il prigioniero, ma sentivo che era più terribile stare qui, nascosto dietro la tenda, dove si decideva di lui. Oppure forse non avevo il coraggio.

La prima luce mi scoprì in piedi, teso come dopo una corsa, e stanco, e scosso dalla nausea.

Fui l'unico uomo libero ad assistere all'impiccagione, oltre Satrio: gli altri, sfiniti, si erano coricati, le donne e i ragazzi dormivano da ore.

Finché ebbe una faccia, era girato rispetto a me, e non potetti vederlo. Quando cominciò a penzolare, il viso era un otre gonfio e viola senza lineamenti.

Dopo, tornammo in città e andammo alle terme.

Mentre si spogliava, mio padre chiacchierava con un avvocato: avvolgeva rapidamente gli abiti e li infilava sulla mensola, senza neppure guardare dove andassero.

"Pure le cinture si rubano qua dentro," aveva detto l'avvocato, e poi si era messo a raccontare di una certa causa contro un ladro di cinture.

L'avvocato raccontava, si depilava, si faceva massaggiare dietro la schiena, e mio padre rideva e ascoltava, e diceva sì e no, e quel ragazzo aveva scalciato nella morte tre ore prima. Io mettevo i miei calzari sotto la panca e pensavo a quelle caviglie sospese, ungevo il mio corpo nudo e pensavo a quella nudità straziata. Loro, parlavano. Pensai che così sono gli uomini: che distolgono di continuo lo sguardo dalla morte.

Glielo dissi mentre tornavamo a casa, lungo la via dell'abbondanza, con le botteghe che chiudevano, seguendo il carro del sole.

"Papà, quel ladro che hanno ucciso oggi, aveva la bulla appesa al collo, come me."

"No, era di stoffa, tu ce l'hai d'oro."

"Ma se ce l'aveva, era ancora un ragazzo."

"Credo che se l'era rimessa sapendo di morire. Pure

io il giorno in cui sono diventato proconsole l'ho rimessa, si mette nei giorni importanti."

"Ma sono due cose diverse."

"No, sono uguali. Cose da cui non si torna indietro, sono due cose importanti e definitive."


Prima di partire per Roma ebbi un presagio.

Avevo lasciato la città dalla porta di Ercolano: non era quella diretta sul monte, ma mi piaceva costeggiare la villa Giuliana.

Dopo la villa, cominciai a salire tra l'euforbia e il ginepro, su un sentiero che conoscevo bene. Era una giornata particolare: la nebbia serpeggiava assieme a me, bassa, si avvolgeva ai miei piedi, suoi lembi mi precedevano per poi dissolversi come se li avessi calciati via. Noi la chiamiamo nebbia di mare.

Era per quella che non distinsi subito cosa, e per quella mia debolezza di vista, ma il fuoco: lo intesi dal crepitio. Era tutto intorno a me, non come fa il fuoco dei contadini che procede sugli sterpi, e neppure come fa il fuoco delle case che si attacca alle tende e risale alle travi. Non aveva un percorso, era piuttosto come se ai lati del sentiero vi fossero piccoli pozzi di fuoco, accesi e fermi. L'aria aveva un odore pesante, denso, che chiedeva di respirare aprendo il petto.

Mi decisi a tornare indietro e, vòlto sul pendio, invece della città che mi ero da poco lasciato alle spalle, con i suoi tetti e le cime degli aranci dai giardini, io vedevo i loro interni: gli affreschi di cui erano dipinte le mura, i mosaici sotto i piedi di chi le abitava, gli orci di terracotta e ciò che contenevano. Vedevo i cavalli nelle stalle, e i cani stesi accanto ai padroni, vedevo gli abbracci, e ciascun movimento di ciascun abitante, e quante monete custodivano nelle sacche. Tutto nello stesso momento. Più volte mi passai la mano sugli occhi e stringevo come potevo quell'unico buono che mi orientava nel mondo, ma la visione non mutò. Era tutto vivo e immobile assieme, fermo, ciascuno, nel suo movimento. Vidi la villa Giuliana con le sue cinquantasei stanze – non sapevo quante fossero quando vi ero entrato –, una cesta di fagioli e cipolle nel lupanare a cui non avevo mai avuto accesso, ottantuno pani in un forno, rotondi, tagliati in otto. Vidi il foro, vuoto, i piedistalli senza le statue e ventotto colonne di mattoni nella navata centrale della basilica.

Poi la nebbia si levò così come era venuta e il sole mi restituì al panorama che conoscevo.

Scappai a casa e ognuno interpretò la visione in maniera differente: Ascla disse che l'origine del presagio era lo specchio di mia madre, perché uno specchio così magico poteva essere stato forgiato solo da Vulcano in persona, da qualche parte lì, tra Creta e Cirene, dove governava mio padre. Bisognava sbarazzarsene gettandolo nel fuoco.

I miei genitori ne parlarono a cena.

"Dev'essere per la decisione di mandarlo a studiare a Roma."

"È agitato, è una cosa così importante per lui."

"Io credo sia un presagio infausto invece."

"Ma no, è solo la sua immaginazione. E comunque io lo accompagnerei all'Iseo e ne parlerei al sacerdote."

Il tempio di Iside era il più bello della città, era così bello che a Roma lo temevano. Temevano il potere di quel mistero orientale, e il fatto che accogliesse tutti, ricchi e derelitti. E questo leggero timore della capitale rendeva il tempio più forte. Era la prima cosa che vedevi quando superavi il teatro: le colonne rosse e bianche, poi il podio alto e il tetto con le maschere di Gorgone.

Incontrammo il sacerdote oltre il portico, dalla fossa sacrificale usciva un odore di frutta marcia che mi dava la nausea. Mentre loro parlavano, io guardavo il dipinto di un giovane uomo, esattamente come me, alto quanto me, vestito come me, che aveva un dito sulla bocca: di far silenzio mi diceva, e mi guardava fisso anche se mi spostavo. Poi c'era la statua di Iside Fortuna, con le labbra morbide, l'acconciatura alta, e il sistro in mano. Si sollevava la veste scura come se avesse dovuto iniziare a camminare.

"È nato la notte del terremoto," fu la prima cosa che disse mio padre, dopodiché, ogni cosa che avessi detto andava cercata lì, tra le macerie di quel ricordo che non riuscivano a sistemarsi. Raccontai tutto al sacerdote che mi ascoltò senza stupirsi, poi mi cercò dei segni nei palmi delle mani, mi chiese perché avessi un occhio storto.

"Perché non ci vedo."

"Ah, è il lato notturno della vita, è una grande ricchezza poterli avere sempre presenti sul volto assieme."

"A me sembra un guaio."

"No, perché tutti li abbiamo fin dalla nascita, il giorno e la notte, la parte sana e la parte malata. Per comodità ci occupiamo solo di quella sana, ma poi arriva sempre il momento in cui dobbiamo dar conto pure dell'altra. Tu lo sai già, e questo è come se ti facesse vedere di più, non di meno come credi. È il motivo del presagio e di tante altre cose che ti succederanno nella vita. Sii devoto a Iside che di quella parte lì se ne intende: la morte è suo fratello e sposo."

Il giorno dopo mio padre e Alessandro ne stavano ancora parlando.

"Ma io non dico che non ci sia divino nella natura, solo che la nostra interpretazione non sta nei fatti. Nei fatti c'è che quell'odore di zolfo che si sente sul monte lo ha stordito."

Orazio decise di chiudere la questione a modo suo – gliene sarò sempre grato –, entrò nella mia stanza:

"Hai finito di studiare?".

"Sì."

"Prendi il mantello e andiamo."

"Ma dove?"

"Andiamo."

Mi fece camminare veloce sotto il colonnato della basilica, lui andava spedito davanti a me con il cappuccio tirato su anche se non pioveva e a volte, nell'onda della folla, lo perdevo, poi lo ritrovavo al primo incrocio che mi aspettava infastidito.

Capii che Orazio amava me perché mi consegnò alla prostituta che amava lui.

Poi dopo, mentre lei si ripuliva e ripuliva me, si allontanò abbastanza perché io, pur nella penombra della torcia, potessi vedere che i pori della sua pelle erano dilatati, che aveva gli occhi troppo neri e le labbra troppo rosse come le statue di legno nei templi. Le sorrisi per non offenderla, le diedi molti assi: benché Orazio avesse pattuito in anticipo e portato anche un regalo. Ma avevo imparato già che i soldi servono a questo: se la presenza di un altro essere umano ti tocca in un punto, per vergogna o imbarazzo o senso di colpa, puoi ricomprarti subito l'oblio. Sul rotolo, di quel pomeriggio, annotai due cose: nel lupanare faceva freddo e il materasso era ispido, e niente più.

Orazio mi aveva fatto giurare di non dirlo a nessuno della casa: non era né elegante né prudente che un ragazzo ricco andasse con una prostituta. Aveva amato quella incursione sia per dissolutezza sia per poter esercitare un qualche diritto su di me, e io la vissi come lui: come una vendetta contro la mia casa che non mi voleva in mare.

Non c'è un'altra strada infatti per chi non appartiene del tutto al proprio mondo che tradirlo in qualche sua parte.

Per mio padre, presagio o no, Iside o no, bisognava solo allontanarmi da Pompei. Si decise una data in cui sarei partito per perfezionare gli studi, si decise la persona a cui sarei stato affidato, un importantissimo funzionario imperiale, e non si disse nulla del ritorno.

Se tra me e il mare non bastasse già l'inverno che man-

gia la spiaggia, ci misero pure ogni pietra della via consolare fino a Roma. Eppure fu proprio per quella sentenza
che mi appariva così lugubre, che presi coraggio e chiesi a
Cassio l'ultimo regalo.


Cassio chiamò il marinaio quando era a pochi passi
da noi e già ci guardava fisso. I suoi occhi non assomi-
gliavano ai miei: erano bianchi come i capelli, ci venne
incontro lungo il molo appoggiandosi a un mozzo. Quel
bambino viveva attaccato al suo fianco: gliel'aveva comprato Cassio per riconoscenza, perché il marinaio era
diventato cieco durante l'incendio di una nave. Gli altri
si erano buttati in acqua sperando di salvare almeno se
stessi ma il marinaio aveva visto che erano a poco dalla
costa ed era riuscito a salvare anche la nave e tutto il suo
carico. Il bambino cresceva sotto la sua ascella, quando si
faceva troppo alto, Cassio gliene comprava un altro. Lo
sosteneva, gli diceva cosa c'era davanti, cosa dietro, dove
sollevare il passo, apriva per lui le porte, versava il vino.
Tutto quello che succedeva dal mondo verso la nave glielo raccontava il bambino. Poi gli prendeva la mano e gliela poggiava sulla ritenuta della passerella: e lì il marinaio
tornava a vedere.
Dritto nelle spalle a passi svelti saliva sulla nave e la
nave lo riconosceva.
"Vieni, ragazzo, andiamo: è l'ora giusta," mi disse.
Io guardai Cassio ma lui non salì. Rimase sul molo assieme al bambino e liberò le bitte dalle cime.

'Mio padre non lo perdonerà mai se muoio oggi,' pensai. Ma poi non ebbi più tempo di pensare niente, perché la nave si muoveva e il marinaio mi chiamava da sotto.

"Mettiti all'altro remo, ragazzo, devo fare tutto da solo? Vogliamo uscire da questo porto?"

Avevo paura ma non c'era alternativa: se mi fossi buttato a mare per tornare a nuoto, sulla banchina ci avrei trovato la Parca, soddisfatta, seduta a filare. Così mi misi all'altro remo e copiai ogni movimento del marinaio cieco, senza guardare da nessuna parte, tanto manco lui guardava, nessuno guardava, ripetevo solo lo stesso movimento suo, come fossimo stati la stessa persona in due diverse età.

La corbita uscì veloce dall'ormeggio e il vecchio ancora più veloce salì a liberare una grande vela quadra fissata sull'albero maestro nella parte centrale della chiglia. Prese subito vento.

"Mettiti al timone, lo sai cos'è un timone? Sennò faccio io."

Mi arrampicai sul tetto della cabina, presi la sbarra: c'era un cigno scolpito che guardava proprio me. Nemmeno lui guardava avanti.

La corbita era leggera, senza carico, pescava poco, anche le parti del timone che dovevano stare in acqua erano per metà fuori, mi sporgevo solo quel tanto per vederle.

"Basta che la tieni quella barra, ragazzo, non devi fare altro. Cos'altro vuoi fare? Tu puoi solo tenere la barra, tutto il resto non ci appartiene. Decidono gli dei, il vento, il mare: mica tu."

E mentre diceva "dei" si tolse la tunica e rimase nudo. Era dello stesso colore del legno, ugualmente nodoso, pieno di venature. Si muoveva rapido, senza dubbio alcuno, allascava mantenendo la tensione della vela, poi mi urlava:

"Via così!" e si passava la mano nella barba, rideva, sputava.

Se andavamo di buon braccio, il vecchio sapeva che muovevamo su Stabia, quando stavamo di traverso andavamo a Piano. Il marinaio senza occhi guardava grazie alla nave e non aveva paura di niente, perciò rideva.

Per un lungo tempo andammo così, lui si mise a gambe incrociate seduto sotto l'albero a impiombare due cavi. Ogni tanto mi parlava.

"La vedi la torre di Aequana?"

"Forse."

"Bell'equipaggio, ragazzo. Quanto manca secondo te?"

"Non so vedere le distanze."

"Non ti ho chiesto di vedere le distanze. Dimmi se ci arriviamo prima noi o prima il sole."

"Prima noi."

Poi si arrampicò pure lui sulla cabina, come uno scoiattolo, mi prese il timone di mano.

"Lascia," disse, "lascia, no? Pensi che la stai portando tu, solo perché sono cieco? Tu lo pensi, dillo."

"Forse un poco."

"Quindi tu sai tornare indietro, prua al vento."

"No."

"E allora non la stai portando tu. C'è una dorsale lì

con due picchi sopra, uno è aguzzo e uno piatto come questi denti qui", si infilò un dito al lato della bocca, "li vedi?"

"Sì."

"Quanto sono lontani? Non mi dire che non sai le distanze, dimmi sono tre volte dallo scoglio di Ercole. Cose, ragazzo. Trova cose ferme per capire dove siamo."

"Tra noi e quei monti con i denti c'è la stessa distanza che abbiamo percorso dal molo fino a qui."

"Perfetto, allora adesso viriamo e poi ci beviamo una cosa buonissima che ho rubato a Cassio, ma Cassio lo sa. Come ti chiami?"

"Lucio."

Accompagnò la mia risposta con un lungo movimento circolare del braccio, come a prendere tutto il mare aperto che vedevamo e io mossi il timone di là, e la nave andò assieme a noi, al suo braccio, alla mia barra, intanto che lui abbassava la vela quadra e alzava una tempestina.

Eravamo la stessa cosa: il cigno, la vela, la chiglia, la sua pelle cotta e il vino rubato a Cassio.

"Gliene prendo un'anfora a ogni carico buono, ma dev'essere buono. È buono, no?"

"Molto."

"L'avresti mai pensato?"

"Mai."

Ma non si parlava già più del vino, si parlava del mio stupore: di riconoscerlo e di coltivarlo. Era senza dubbio la cosa più preziosa che avevo, così decisi che prima di partirmene per Miseno e da lì per Roma, sarei andato a offrirlo alla statua di Iside Fortuna.

Miseno fino a quel momento, per me, era stato un timoniere caduto in acqua proprio lì, a poche miglia da casa mia, tra le lacrime di Odisseo. Quando il mare aveva restituito il corpo ai suoi compagni, avevano raccolto legna per issare la pira, e così Odisseo aveva trovato il ramo d'oro per la porta dell'Averno.

Io questo sapevo: che quando uno pensa che le cose finiscano, proprio in quel momento in cui devi bruciare tutto per abbandonare quello che è stato e far avanzare la memoria: trovi un ramoscello d'oro, e qualcosa si apre.

E infatti Miseno si aprì oltre un lieve promontorio che segnava la costa: noi andavamo veloce e spesso lasciavamo la strada per seguire una dorsale che Alessandro conosceva. Quando si alzava il vento, i cavalli si innervosivano. Noi andavamo veloce e le casse con le mie cose ci seguivano piano, sarebbero arrivate solo in serata, per l'imbarco. Io correvo per quello: per non permettere alla strada vissuta fin lì di raggiungermi.

La sera prima della partenza avevamo dato una grande festa a casa.

Mamma aveva passato il pomeriggio a dispensare oboli ai mendicanti e poi mio padre ci aveva raccolti attorno al larario, a pregare, padroni e famigli.

"Mi sembra strano fare una festa per una cosa che mi fa così male," aveva detto mia madre.

Invece ora, quando ci penso, so che si deve festeggiare sempre, tutto, appena si può. Che le feste sono solo un modo per punteggiare la vita: mostrare agli dei fin dove siamo arrivati a immaginarla, perché oltre non sappiamo andare.

Io avevo lasciato loro una ciocca di capelli, tagliata da Ascla, ma avevo tenuto la bulla. Satrio mi aveva mandato musicisti e danzatori, e una etera speciale, per me, da cui mi feci solo accarezzare la testa tutto il tempo che rimasi sul triclinio. E credo fosse per quello, per quella confidenza più profonda che le avevo dimostrato così, che Lavinia venne tra di noi, mi tolse il vino dalle mani, bevve poggiando la bocca nello stesso punto in cui la poggiavo io, poi mi prese per un lembo della toga e mi portò al piano superiore. Dall'impluvio arrivavano gli odori delle carni arrostite, e le risate delle matrone.

"Io torno e ti sposo, Lavinia."

"No," disse lei.

"No," disse mentre mi baciava, piccoli baci sulle labbra e piccoli no, e no, continuò a dire mentre la prendevo e no mentre mi cercava tra le gambe e fu l'unica parola che le sentii dire. Solo no tutto l'amore che ci regalammo. E poi se ne andò, e qualche istante dopo la vidi giù che usciva infilando il braccio in quello della sua schiava, e quel pezzo di viso che scompariva sotto il cappuccio del mantello fu l'ultima cosa che ho visto di Lavinia.

Questo mi seguiva nelle casse, a sette miglia da noi, sulla via consolare, mentre noi lungo la costa cavalcavamo veloci verso Miseno.

All'accampamento c'era un uomo molto alto in controluce che mi apparve una cosa sola con la flotta, e così resterà per sempre nel mio ricordo, e così era. Gli arrivavamo alle spalle procedendo sul terrapieno che si affacciava alla baia. Alessandro parlava in greco con un segretario, gli indicava la strada accompagnandola con il dito sull'orizzonte. Io vedevo solo quest'uomo grosso, con i capelli grigi, scontornato dal mare e dalle sue navi, e quando si girò, e mi sorrise, dall'ampiezza del suo sguardo compresi senza incertezza che era un uomo felice. Plinio.

Credo che anche lui, in qualche modo, mi misurò.

Verso l'interno c'era un lago salato, chiuso al mare da una striscia di terra, la prova in piccolo di ciò che poteva accadere dall'altra parte dell'istmo. Tra i due mari c'era tutto l'accampamento, che era grande come una città: e il tempo aveva il suono dei martelli sulle incudini, la luce delle scintille sollevate dai fabbri. Tutto quello che accadeva attorno a noi serviva per una sola cosa: prendere le navi e permettere loro di andare. Ogni uomo, ogni comando, ogni bottega era in movimento e tesa a quell'unico ultimo scopo: il varo, una navigazione sicura, forse una conquista, forse un carico prezioso, oppure la lettiga dell'imperatrice.

Passeggiando restavo indietro. Li raggiungevo poi, affrettandomi, indovinando dove fossero dal fatto che qualche soldato faceva il saluto vedendoli passare, si apriva uno spazio al loro arrivo che poi subito si riempiva di nuovo di cose e uomini. Restavo indietro perché mi incuriosiva tutto: attorno a me sui bancali, sulle assi da lavoro, tra le mani dei marinai, a fondersi nei forni, il mondo era ricco, pieno e interessante, e poteva essere mio.

Plinio mi portò un'acciuga appena arrostita che gli avevano offerto, con un pezzo di pane e una cipolla: tornò indietro apposta di qualche passo. Ci sedemmo su due bitte vicine, dando le spalle al mare e guardando verso la lunga strada di pietra che risaliva la collina dominata dal faro.

Mi indicò dei solchi profondi nella strada di pietra.

"Sai chi li ha scavati, quelli?"

"Le cime," dissi.

"Le cime," fece sì con la testa dando un morso alla cipolla. "L'idea che la fibra vegetale incida la pietra mi sconvolge. Deve esserci grande parte delle braccia che le manovrano, e grande parte del tempo. Ma in che misura, con quale calcolo, non so dire. Se ti viene in mente una risposta vieni subito a dirmelo. E pure se ti viene in mente una domanda."

Poi si alzò, e si immerse nelle sue faccende.

La sera Alessandro per salutarmi mi mise una mano in testa, come faceva alla fine di ogni lezione, ma erano passati tre anni, e ora era più basso di me. Lui sarebbe tornato in città, e forse avrebbe assunto altri incarichi da istitutore, oppure sarebbe tornato alla sua casa pristina.

La cena a Miseno fu una delle cose più lente e noiose che mi fossero mai capitate. C'era un tipo che leggeva e noi dovevamo mangiare ascoltandolo e non potevamo dire niente, proprio niente. Non finiva più, la cena, la lettura, la vita non finivano più. Ma io pensavo solo una cosa: mio padre mi aveva affidato al prefetto della flotta di Miseno. Di tutte le persone dell'impero a cui avrebbe potuto affidarmi, mi aveva mandato a Roma con il comandante di un'intera flotta. Via mare. Grazie, Iside.

Prima di andare a dormire mi avvicinai a Plinio.

"Ho una domanda."

"Dimmi."

"Ma tu hai studiato per diventare ammiraglio?"

"No, io ho studiato per sapere le cose."

"E perché sei diventato ammiraglio?"

"Perché sapevo le cose."


Plinio comandava su cinquanta triremi, nove quadriremi, e sulle due navi ammiraglie della flotta imperiale: la Ops e la Victoria. La flotta rimase tranquilla a Miseno a curare i proprii scafi come corpi vivi, quando noi salpammo per Ostia su una liburna con le vele rosse.

Nel primo giorno di navigazione quasi non ci incontrammo e, quando ci incontravamo, non ci dicevamo nulla: non ce n'era bisogno.

Impiegai quasi tutte le ore di luce per capire davvero cosa mi stava succedendo, poi, mentre la nave procedeva sicura sempre sotto costa, il sole scese profondo. Io mi protessi l'occhio buono e continuai a guardare con l'altro, come mi aveva insegnato Alessandro: recuperavo così un ricordo di visione, un fondo. Le immagini mi arrivavano come da dietro una pesante tenda che era solo mia e, dopo qualche minuto in quella condizione, cominciavo a vedere cose grandi in movimento, oppure corpi che mi passavano davanti. Senza poterne distinguere i contorni e i dettagli, ma percependoli con buona approssimazione.

Quando liberai l'occhio buono, il sole era a un istante dal finire dentro l'acqua, e lì, come se accelerasse, sparì di colpo annientando la linea che divideva l'acqua dall'aria.

Mi accorsi che Plinio era dietro di me e mi chiese di seguirlo nella tenda.

Mi passò una pietra azzurrina, trasparente.

"È un cristallo?"

"No, è una sostanza che si ottiene fondendo una sabbia che sta alla foce del Volturno e una che viene dall'Egitto. Guardaci attraverso, dimmi se vedi meglio."

Provai a varie distanze tra me e il rotolo su cui Plinio scriveva, finché lessi con chiarezza le sue annotazioni, incolonnate, con una grafia chiara e gentile. Lessi a voce alta: *"Che imitano i vasi di murrina o il giacinto e gli zaffiri, nonché pietre di tutti gli altri colori: perché non c'è materiale più duttile a essere colorato. Comunque le pietre più apprezzate sono quelle bianche e trasparenti perché son le più simili al cristallo naturale"*.

"Ecco il caso di uno strumento che ti permette di leggere una pagina dedicata a se stesso."

Neppure gli risposi: cominciai a guardare dappertutto attraverso quella sostanza, uscii dalla tenda per guardare ancora fuori, e il mondo non era mai stato così nitido. Pensavo che fosse preziosa, gliela riportai:

"No, tienila, è tua. Anzi, fammi compagnia, continua a leggere".

Mi fece leggere tutta la notte, a volte ci fermavamo perché lui doveva aggiungere delle cose, scrivere ai margini. Altre volte mi spiegava, prima di fare, per essere sicuro che fosse comprensibile quello che diceva. Imparai che Plinio dormiva pochissimo.

"Purtroppo sono costretto a lavorare e mi resta poco tempo per lo studio e la scrittura, così ho imparato a usare la notte."

Ogni tanto entrava il suo segretario per chiedergli se gli servisse qualcosa e lui sempre sobbalzava infastidito, perché stava pensando. Feci giusto in tempo a mettere la pietra trasparente nella sacca che avevo alla cintola, prima di assopirmi sul tavolo dove lui aveva iniziato a scrivere ormai nell'ultima ora della notte.

E poi, all'aurora del secondo giorno, mi svegliò accarezzandomi la testa e mi disse: "Ecco Ostia".

Se penso alla scoperta del mondo rievoco quell'immagine del porto di Ostia quando i marinai d'avvistamento avevano cominciato a comunicare il nostro ingresso. Le vele rosse erano le vele della flotta dell'imperatore, l'arrivo del prefetto era annunciato ma, mentre partivano quei segnali a me chiari, l'orizzonte era ancora avvolto nella foschia dell'alba.

Leggevo i segnali ad alta voce prima dello scriba, sbagliavo qualcosa, lo scriba si irritava ma Plinio si divertiva un sacco.

Mi apparvero le strutture pontiere. Si aprivano con

grandi archi i cui piedi erano immersi nel mare. Erano sormontate da altissime colonne di marmo sulla cui sommità c'erano le statue degli imperatori, e gli edifici prospicienti la baia erano tutti a più livelli, digradanti in terrazze e scale, verso la superficie. Lì: i magazzini, le officine specializzate, i mercantili che scaricavano le merci di ogni provincia dell'impero. Man mano che ci avvicinavamo arrivavano i rumori della città, le urla dei braccianti, il cozzare degli strumenti, e intuivo più particolari. Molti battelli non erano attraccati ma avevano gettato l'ancora in rada, in attesa dell'ispezione, qualcuno temendo una quarantena. Sfilavamo veloci, vele ammainate, a remi. Ma quelle erano solo le porte della città, ché da lì le navi, con una serie di dighe e di chiuse, che si vedevano spingersi verso l'entroterra, sarebbero potute risalire su per il fiume e arrivare fino nel centro di Roma.

Parlai ad alta voce: "Se questa è Ostia, cosa dev'essere Roma?".

"Noi, siamo Roma," disse Plinio, e poi sparì tra i marinai, finché il porto ci abbracciò.


Il nipote di Plinio si chiamava Secondo, l'ho conosciuto subito ed è l'ultima persona che voglio salutare quando me ne andrò da questa terra.

"Lucio."

"Secondo."

Ci presentammo alla scuola di Quintiliano.

"Cosa vuoi diventare tu?"

"Io voglio diventare immortale."

"Come gli dei?"

"No, come quegli uomini che fanno cose grandissime e nessuno se li dimentica più. È una metafora: *immortale*. Esempio: 'Voglio diventare immortale come Virgilio'."

"Ah, quello anche io allora."

"Come Virgilio?"

"No, come Cesare."

Era il più bravo e il più pedante degli allievi. Almeno Quintiliano così diceva e, tra gli allievi, era il più antipatico. E poi era stato adottato da Plinio, quindi era suo figlio e questo gli dava un enorme vantaggio. Perché la scuola dove andavamo non era come quella all'aperto sotto il portico della palestra o del mercato che frequentavano gli altri. Era una specie di allenamento a essere più veloci degli altri, più scaltri degli altri, saperla più lunga non per saperla e basta, come avevo creduto fosse la natura del sapere dalle lezioni di Alessandro e dalle favole di mia madre, no no: era più simile alla truffa ai dadi di Orazio o al tirar sui prezzi di Ascla con i venditori. Quintiliano era un retore raffinatissimo e una persona perbene, non era sua intenzione scatenare tutto questo, ma intanto la sua scuola era diventata tutto questo, perché da lì uscivano uomini che avrebbero avuto incarichi a ogni angolo dell'impero, e quindi, nonostante non interessasse neppure a lui la competizione, e anzi fosse aborrita tra i suoi insegnamenti, di fatto a scuola si faceva a gara. Il mio amico le vinceva tutte. Secondo era preciso preciso, puntualissimo, se gli assegnavano una traduzione di un passo lui ne portava due, e così via. Io non potevo trovarlo antipatico perché non lo capivo proprio, eravamo troppo dissimili: dove io vedo coste e scogli lui vede poesie, dove io sento la burrasca lui sente i metri, e quando lui si siede io mi alzo. Ma non mi sarei arreso così facilmente alla scuola e all'infinito studio delle variazioni retoriche se non fosse stato per quei due. Lo zio era la salvezza: se a un uomo così immerso nelle lettere avevano affidato un'intera flotta, a me che non avevo voglia di imparare neppure la centesima parte di quello che sapeva lui, almeno una triremi prima o poi me l'avrebbero passata.

Intanto con questa speranza vivevo a casa di Secondo e di Plinia, sua madre, come la mia famiglia romana, mi prendevo le stesse sgridate da suo zio perché volevamo andare a scuola a piedi e non in lettiga, "se camminate perdete tempo per lo studio". Io impazzivo nell'immobilità di quella panca, scrivevo svelto per finire presto e alzarmi.

Quando Quintiliano ci spiegava come costruire in ordine un discorso ci diceva che per funzionare deve essere come il corpo umano: non possiamo dimenticare una gamba o il collo. Allora noi ci sceglievamo le cose che ci piacevano di più o quelle che sapevamo meglio. Secondo lo erigeva come la villa di famiglia, dalle fondamenta al tetto. Invece io immaginavo la mia nave.

L'esordio era la chiglia, con il fasciame interno di serrettoni e serrette alternati.

Per la narrazione costruivo una buona deriva accresciuta.

Al momento dell'argomentazione poggiavo le tavole del ponte e le inchiodavo sui bagli.

E per conclusione ci aggiungevo un rostro.

Aveva ragione Marco Fabio Quintiliano? Aveva ragione Secondo? Io?

Non mi pare: le navi affondano, i palazzi crollano e gli uomini muoiono.

Vivono solo gli dei e ciò che gli assomiglia:

quando abbiamo riso per una sciocchezza. cercare la sua schiena nella notte. quella bracciata che mi fa tutt'uno con il mare. il momento in cui mia madre poggiò la sua mano sulla mia, guardando lontano oltre il davanzale. essere uomo e cavallo nel galoppo. la lama del primo gladio che mi fu regalato. e tu, lenta ginestra.


Quintiliano aveva una predilezione per Marziale: lo invitava a leggerci i suoi nuovi componimenti, e lo costringeva a correggere i nostri, e ogni volta che finiva una lezione gli faceva promettere davanti a noi che sarebbe tornato. E lui prometteva, ma si vedeva che non gliene importava nulla di venire a leggere per noi, e che gli facevano abbastanza ribrezzo le cose che scrivevamo: insomma si vedeva che lo faceva per soldi. Invece i suoi epigrammi erano straordinariamente belli, anche per me che stavo seduto su quella panca senza alcuna voglia. Andavano veloci, e raggiungevano con poche parole il senso, e la sua voce, dentro, portava l'accento lontano della sua terra, e la solitudine di chi va via.

Io lo trovavo spassoso e fu l'unico a parlarmi sincera-
mente: sollevò tra le mani i miei versi tenendoli con due
dita come una toga sporca e chiese a Quintiliano:

"Ma che ci viene a fare a scuola questo qui?".

Poi me li fece cadere sulle ginocchia.

"Non ce l'hai un padre potente che ti faccia far carriera invece di questa merda?"

"Eh, purtroppo sì, maestro, ma mio padre pensa che
per far carriera questa merda serva."

Dopo la lezione mi prese sotto braccio e mi portò a
passeggiare nel portico:

"La merda serve per la merda, e la carriera per la carriera, non è difficile, basta non confonderle. Ma tu non
vuoi fare né la merda né la carriera, cosa vuoi fare?"

"Andar per mare, stare con l'orecchio teso e aspettare
che soffi."

"Questo è un bel verso. E tu sei troppo nobile per fare
la vita che desideri."

"Senti, maestro: io lo sto tenendo il filo della Parca,
non gliel'ho ancora consegnato."

"E quale Parca?"

"Quella di mezzo."

"Lachesi. Che fa?"

"Lei fila, io sto cercando di capire che succede."

"A me Virgilio non piace, lo trovo dolciastro, lo dice
lui, no? 'Così filano le Parche.' Sì, ma così come? Come
un filo sottile appena uscito dal fuso o come un filo ben
attorcigliato su se stesso? Pure la gomena che vuoi strin-
gere tu all'inizio è solo un filo."

Invece Secondo si dannava quando Marziale veniva a scuola:

"Non ci riuscirò mai".

"Ma cosa?"

"A fare versi belli come i suoi."

"Troverai il tuo stile."

"Io credo che lui ci riesca perché non è la sua lingua, capisci?"

"Ma che t'importa perché? Lui fa quello, noi faremo altro."

"No, a me fanno tradurre Tito Livio che non mi serve a niente, arriva uno da fuori che a stento sa parlare e Quintiliano sbava."

Non era invidioso: erano lo zio e la madre che lo incalzavano, si aspettavano che fosse sempre il migliore, e forse lo facevano perché era rimasto orfano presto, e temevano per lui. Quando mio padre mi veniva a trovare a Roma, Secondo lo tempestava di domande come io facevo con suo zio e, se mi abbracciava, gli leggevo una sofferenza in viso che faceva soffrire anche me. Era così naturale da essere assurdo: persone che non sono consanguinee, che non si devono nulla né sono attratte dal sesso trovano una naturalezza per cui possono dividersi una sofferenza. È un sentimento misterioso, anche imbarazzante, di quali affinità si nutre? Io e Secondo siamo diversi, per certi tratti opposti, eppure con lui mi sento pari. Non siamo in competizione e anzi ci permettiamo una rilassatezza che non riusciamo a conquistare neppure con i nostri amanti. Possiamo non essere belli, non essere vincenti. Io posso pure arrivare in ritardo – lui no, non ne è capace.

Certo la vita militare è fatta di queste intese, ma quella gerarchia così violenta che la circonda avvelena anche chi è dello stesso rango e divide la stessa tenda. Invece l'amicizia che si crea sulle panche della scuola è disarmata.

Mentre io e lui costruivamo la nostra amicizia, gli schiavi batavi costruivano per Vespasiano un enorme anfiteatro. Noi lo andavamo a guardare, guardavamo i marmi e gli operai, e il foro invaso di persone.

"Sarà così grande che ci faranno le battaglie navali."

"Io le voglio fare sul mare."

"Le farai sul mare e poi le riprodurremo qui per far vedere ai romani come sei affondato."

Studiare da Quintiliano significava studiare Roma. Come città, come modo di vivere e anche come forza da cui era partita ogni campagna e tutto l'impero. L'arroganza, questo mostrava: l'arroganza dei belli.

Dentro Roma c'erano infinite piccole città che la riproducevano, per ogni isolato c'era una casa patrizia intorno a cui ruotava la vita, a più livelli, fatta di uomini che presiedevano ciascuno uno spazio, con la stessa convinzione e la stessa superbia: fosse esso un piccolo cortile o l'aula della basilica in cui si era decisa l'occupazione della Samaria.

Quando lo afferravo nella sua interezza, mi dava le vertigini.

Ma lo stavo imparando rapidamente: stavo imparando che una città non è fondata sulle pietre bensì sulle convenzioni, non alza le sue mura contro il barbaro ma per perpetuare se stessa. E, per farlo, non vi era difesa più massiccia che incontrarsi a sere alterne nelle stesse case. Decidere, tramare sui triclini, pesare appalti, organizzare spedizioni e matrimoni.

Anche le distanze, a Roma, non si misuravano in pietre miliari, ma in gradi di vicinanza all'imperatore.

Questo, più di ogni cosa, aveva contato anche verso di me. Non che conoscessi il greco, o i poemi, neppure che fossi arrivato con i miei schiavi e i miei corredi. A Roma non interessava quanto il fatto che fossi diventato miglior amico del figlio di Plinia, e che il giorno in cui mio padre fosse tornato dalla provincia mi avrebbe portato con sé a farne rapporto a Vespasiano.

E poi, da solo, io camminavo. Dopo un poco di tempo mi perdevo: e non era, Roma, una città in cui ad alzare lo sguardo puoi orientarti. Da nessuna parte un monte. Né vi era quella pendenza che racconta dove sta il mare, ma anzi sembrava che il fiume volesse ingannarti, con le sue anse: che se te lo lasciavi alle spalle potevi ritrovarlo sul cammino a sbarrarti il passo, senza che ci fossero ponti per attraversarlo, né alcuno cui chiedere.

Per il resto, la città non ebbe su di me l'impressione che ne immaginavo: era fatta di una parte marmorea, illuminata, e di una parte infima e sporca, estesa molto più del triplo di quella splendente, dove le strade si perdevano direttamente nelle campagne, e dove si ammassava una umanità lacera e inconsapevole, che aveva perduto la salute della terra senza acquistare l'agio della città.

Una sera camminai troppo. Uscii dalle mura e continuai a camminare, sulla via consolare, accanto ai carri dei mercanti che tornavano ai loro villaggi per la notte, finché scese, quella notte, e non ebbi modo di rientrare.

Vedevo la città dietro di me, oltre una zona paludosa che la strada superava in alto, laggiù, leggermente illuminata dalle migliaia di lanterne accese nelle sue case, ma nessuno andava di là, e piano sparivano i contorni delle cose, assieme al sole.

Per cercare la cena e un posto dove aspettare l'alba entrai nella locanda sulla strada, e si voltarono tutti a guardarmi. Un mulattiere numida mi assicurò che appena avesse fatto giorno mi avrebbe riaccompagnato lui per poche monete, tenendomi la briglia fino alla porta da cui ero uscito.

Fu allora che mi si avvicinò Aulo: aveva i capelli biondi, fini e leggeri come quelli dei bambini, ma non era affatto un bambino, perché versandomi da bere mi baciò una guancia e mi disse piano:

"Nascondi quell'anello, stanotte, se vuoi tornare a Roma vivo".


Se dovessi scegliere un solo aggettivo, per far contento Quintiliano e descrivere Aulo, sarebbe ingenuo.

In realtà era mille aggettivi, era bellissimo, e giovane e appassionato, e stupido, e allegro oltre qualunque misura.

Poiché l'avevo visto all'opera nella locanda di suo padre, con i clienti e i ladri, sapevo benissimo che quell'in-genuità che mi offriva era un regalo senza alcuna verità. Giocava a farsi proteggere da me, sebbene avessimo la stessa età e lui avesse le mani già deformate da una maci-na sfuggita al suo asse e calcificate così, come era venuto, fra terribili dolori.

Forse era questo. Facendosi bambino tra le mie brac-cia voleva farsi restituire un poco di infanzia, voleva tor-nare per il tempo della notte ad avere il controllo delle sue mani, la prospettiva del suo futuro che è quello che ognuno di noi muove e soddisfa. Non voleva che mi ad-dormentassi prima di lui, voleva che resistessi, con la lan-terna accesa, mentre prendeva sonno sul mio petto come su un prato. E io mi sistemavo per leggere o per scrivere, e nel trovare la posizione giusta del braccio pensavo a Pli-nio, che certo non si sarebbe concesso il tempo dell'ab-bandono neppure dopo aver fatto l'amore.

"Il mio prato," diceva Aulo trovando un incastro tra le sporgenze della sua testa e quelle delle mie spalle.

e poi:

"Questo è il momento più bello della giornata, per me".

e poi:

"Torna presto ché devo respirare".

Lo ho amato? Non lo so: da poco indossavo la toga virile e mi innamoravo a ogni angolo di strada e me ne dimenticavo a quello dopo.

So però, attraverso di lui, delle cose di me. So che uscire ogni sera a cavallo da Roma per raggiungerlo mi rendeva più tollerabile Roma. Da quando lui c'era mi piaceva tutto di più, e se c'era qualcosa che facevo a fatica: lui diventava il mio compenso. So che sentire la città allontanarsi alle mie spalle mentre trottavo verso la campagna mi dava un senso di dimenticanza, era come ricominciare ogni volta da lì, e a me sono sempre piaciuti gli inizi. Credo che l'amore sia questo: un inizio.

So che il suo corpo mi generava necessità. Più ci facevo l'amore più avevo bisogno di far l'amore, e a volte, lontano da lui, all'improvviso recuperavo il pensiero dell'ultima notte assieme e avvampavo. Sui libri, ascoltando le requisitorie in aula, attraversando veloce un portico stracolmo di merci. Se per un motivo qualunque mi tornava alla mente Aulo arrossivo per il piacere di averlo avuto e per la smania di riaverlo.

So che sotto quello stesso portico, tra quelle stesse merci, c'era sempre un regalo per lui, che lo faceva felice, e di tutti questi regali ne aveva fatto quasi un altare, in un angolo della stanza che i suoi genitori avevano sistemato per noi. So che suo padre aveva rubato dalla mia borsa, ma io non l'avrei mai detto per non ferirlo.

So anche che una mattina, accompagnandomi al cavallo, mi chiese se potevo portargli altro olio per la lanterna, perché odiava il buio ma sua madre quando io non c'ero non gliela faceva tenere accesa durante la notte. Ecco, rientrando a Roma, quella mattina, piansi per tutta la cavalcata e non riuscivo a smettere. Piangevo i duecento olivi che mia madre aveva fatto piantare nella nostra terra al compimento del mio primo compleanno, gli schiavi che li battevano per raccoglierne i frutti, una macina che girava, uguale a quella che aveva distrutto le mani del mio Aulo, e quell'odore denso che ci prendeva alla testa quando da bambini andavamo a vedere come veniva estratto l'olio. Piangevo l'anfora che gli avrei fatto mandare già quel giorno, mentre io e Secondo ricamavamo con interminabili variazioni il tema proposto da Quintiliano in aula, perché tutto l'olio delle mie terre non avrebbe mai colmato la lucerna che Aulo voleva tenere sempre accesa.

Una volta cavalcammo cinque leghe per raggiungere certe terme di campagna dove gli piaceva andare a lavarsi. Erano situate sull'argine di un fiume che alternava polle di acqua caldissima allo scorrere continuo delle sue acque fredde. Le terme non erano molto più di un portico costruito per accogliere i cittadini e una serie di vasche che convogliavano le acque. Mi baciò davanti a tutti, fu un bacio che sapeva di rapina, ma una rapina dolce che accettai divertito. Qualcuno lo conosceva. Dopo, continuammo il bagno nel fiume, in una sua ansa protetta dal bosso facemmo l'amore, e poi ci stendemmo ancora bagnati nei nostri abiti.

Ma Aulo era contorto come le sue mani: per lui ogni cosa bella diventava anche una tortura, ogni conquista una rivendicazione. Mi provocava per soffrirne.

"Vorrei essere il tuo schiavo."

"Ti affrancherei subito."

"A cosa mi serve essere libero se non posso vivere con te a Roma?"

E dopo aver detto cose così gigantesche ne restava

adombrato per ore, non usciva più da quel pozzo in cui lui stesso si era calato.

Ho esercitato con lui tutta l'arte retorica che mi veniva tanto male durante le lezioni. Avrei ingannato anche Quintiliano. Aulo no: credo infatti che Eros regali agli amanti una sostanza simile a quella che mi regalò Plinio, che permette di guardare più acutamente.

Lui indovinava gli artifici, sapeva che la verità non passa dalle parole ma dalla voce, che non vive di affermazioni ma di azioni.

"Presto ti troveranno una moglie e non tornerai da me."

"Per moglie voglio una nave, e ti ci porterò."

Quando gli rispondevo così lui già sapeva qual era la parte vera e quale quella falsa del mio postulato. Lo sapeva, ma io no, davvero: perché Aulo, come tutto quello che l'aveva preceduto, stava dentro un unico desiderio, per me: lungo per tutta la vita e ogni momento di essa, e che avrei giudicato compiuto solo in un porto qualunque d'Oriente: il giorno in cui, sotto il mio comando, fossero date di volta sulle bitte le cime di ormeggio.


A scuola in un esercizio narrativo avevo raccontato la storia del mio presagio e del sacerdote di Iside, dilungandomi molto sull'interpretazione del buio e della luce. Ma mentre Quintiliano non aveva dato un buon voto al componimento, Secondo ne era rimasto entusiasta:

"Dobbiamo andare verso la nostra ombra," mi propose, "facciamolo assieme così restiamo amici per sempre: iniziamoci a Iside!".

Ci siamo iniziati nel tempio in cui, tornando dall'assedio di Gerusalemme, Vespasiano aveva passato tutta la notte assieme a Tito per prepararsi al trionfo. E noi ci esaltavamo per questo racconto. E poi io amavo Iside perché sulla costa da me i marinai si erano tassati per dedicarle un tempietto in cui era raffigurata sulla prua di una nave: pelagia, la chiamavano in greco senza sapere che fosse greco, la veneravano senza sapere nulla dell'Egitto, che poi è il fondo di ogni religione: affidarsi senza sapere nulla.

Il giorno dell'iniziazione, all'alba io e Secondo andammo al Campo.

"Hai digiunato?"

"Sì."

"Hai scopato con Aulo?"

"No."

"Giura."

"Giuro."

All'inizio sembrava una festa di paese, un rito campestre, eravamo un poco imbarazzati seguendo la processione. Poi arrivammo alla sala: gli iniziati ai misteri sacri erano di ogni condizione, di tutte le età, vestiti di lino bianco. Le donne si riconoscevano perché avevano un velo sui capelli, gli uomini perché avevano il cranio lucido a indicare che erano gli astri terreni di quella grande religione. Dai sistri di bronzo, d'argento e d'oro veniva fuori un tintinnio acuto e costante.

Seguivano poi i ministri del culto con i simboli: una lucerna che faceva una luce chiarissima, però non di quelle che usiamo noi, la sera, sulle nostre mense, ma a forma di barca, e tutta d'oro.

Il secondo reggeva con le mani i soccorsi, il terzo portava un ramo di palma d'oro e il caduceo di Mercurio, il quarto mostrava il simbolo della giustizia: una mano sinistra aperta e un vaso d'oro, rotondo come una mammella, dal quale libava latte.

Non ci credevo, ci provavo ma non ci credevo, anzi pensavo con un certo disprezzo: questa è roba buona per la plebe, Aulo qui starebbe già piangendo. Comunque io e Secondo abbiamo fatto tutto insieme. Cercavamo di non guardarci per non ridere, e all'improvviso il sacro mi ha attraversato l'anima come una folgore. E allora per la prima volta ho visto con entrambi gli occhi o con nessuno: non come guardiamo la strada o le donne o l'abito che abbiamo scelto di indossare, no. Come si guarda il teatro quando non te l'aspetti: saltando su per l'emozione. L'iniziazione è questo, non altro: stupirsi.

Credo di essere rimasto come svenuto per un poco, non ricordo altro che la sensazione del mio corpo come un tempio: ma il suo peristilio si dilatava all'infinito e così la cella del sacrificio: le pareti si allontanavano e io vi restavo giusto al centro. Però non ero fermo: ero seduto così come stavo, ma in aria, e guardavo Secondo dall'alto. Ah sì: lui era rimasto giù.

Tornando in città ce l'aveva con me:

"Ma a me non è successo niente, niente. Ho perso una

giornata, cazzo, come sono entrato così me ne esco... spiega, no?".

"È difficile da spiegare: prima cosa so di non essere solo, non sono solo al mondo, perché non sono veramente io, voglio dire quella sensazione di essere io, Lucio, dentro la mia pelle, dentro i miei vestiti è un inganno: io esisto ma sono solo una parte minuscola di un'esistenza molto più grande di me, molto più ampia."

"Quello che succede a me quando mi ubriaco."

"È come la spiga che prendevamo lungo il cammino, Secondo, che è una sola, ma poi la sgrani e ne vengono giù i semi. Oh, non è colpa mia se tu non l'hai visto."

"Ma mi potevi chiamare."

"Ma no, io non ci potevo fare niente, è proprio questo: quando senti che non puoi più controllare niente, galleggi."

Solo che poi, nei giorni a venire, questa cosa non si è fermata lì: dentro questo flutto di certezza piano piano cominci a metterci tutto: non ci tieni più solo il momento dell'estasi, ma quello si diffonde attorno, si spande come le onde, in cerchi sempre più grandi, e così dopo un poco ci sei sempre dentro. Più ti perdi più ci sei, più non ci pensi, e riporti il tuo pensiero dentro il pensiero di tutti, meno hai paura. E meglio sai che c'è poco da combattere oltre le nostre forze.


Non l'abbiamo detto a Plinio perché ci avrebbe sgridati, così come alzava le mani spazientito davanti all'imperatore ogni volta che gli nominava il sacerdozio. Ma Vespasiano si fidava a tal punto di Plinio che non intraprendeva nulla di fondamentale senza consultarsi prima con lui. Vespasiano lo aveva ascoltato nel giorno più feroce della sua vita, e solo al termine della guerra di successione, quando ogni provincia dell'impero ebbe riconosciuto il suo dominio, aveva detto a Tito di distruggere Gerusalemme. Noi sapevamo tutto delle quattro legioni al suo comando, della fortezza, del tempio e delle formidabili torri di Erode gettate a terra per sempre nel giorno otto di Elul. E lo sapevamo perché chi ha fatto la guerra se la porta sempre negli occhi.

Vespasiano si fidava di Plinio e Plinio si fidava di me: gli chiedevo di accompagnarlo appena potevo, e me ne partivo con lui per qualche giorno, senza avvisare Quintiliano che se ne lamentava con mio padre, e gettando Aulo nella disperazione. Ne approfittavo perché sapevo che l'avrei trovato ad aspettarmi.

A Pompei sono tornato solo una volta, e Plinio mi lasciò il comando della liburna e restò tutto il tempo a correggere le ricerche naturali con Secondo. Quando i marinai mi portavano da bere gli facevo segno da lontano, alzando la coppa dietro le spalle dello zio, alla sua salute.

Poi Secondo venne con me a Pompei. In poco più di due anni vissuti a Roma era cambiato tutto, dico era cambiata la città, ero cambiato io. Le strade non mi sembravano più brulicanti, né il foro immenso e anche in casa: quel catino con cui mi lavavo il viso alla mattina si era abbassato: ora ogni cosa era della mia misura, io ne ero la misura. Solo la vecchia Ascla infilava a me come a Secondo due dita nel collo e diceva: "Siete tutti sudati, andatevi a cambiare".

Portai Secondo alle terme suburbane e a fare l'amore con una locandiera. Lo portai a cavallo nella biblioteca di Rectina nella quale restò fino al tramonto, ché pensavamo vi si fosse perso.

E salimmo al monte per guardare il sole calare dietro Miseno.

Quella sera mia madre mi sussurrò: "Lavinia si è sposata".

"Con chi?"

Invece di rispondermi mi accarezzò il viso: "E io ho un figlio che sta per compiere diciotto anni, mi fa impressione".

A me faceva impressione il suo sguardo su di me, lo sguardo di loro tutti: non lo vedevano che ero cambiato?

A Secondo piaceva Pompei, il tempo lento della provincia lo rilassava, si sentiva in vacanza, io mi sentivo in trappola.

"È pieno di bellissime ragazze, qua," mi faceva passeggiando su e giù sempre sulla stessa strada.

Mentre stavamo a occhi chiusi a prendere il sole accanto alla piscina della palestra, sentii la voce di Flavio.

"Sei tornato, ricchione."

Non fui contento di presentarli anche se andarono d'accordo per tutto il resto della giornata e vomitarono assieme quella notte, felici.

Il problema non erano loro, era in me: io ormai appartenevo al mio futuro, e quello che c'era nel passato mi imbarazzava.

Poi Tito ha ricevuto l'impero proconsolare, Vespasiano di lì a poco sarebbe morto e tutto quello che mi riguarda e mi ricongiunge alla Parca è accaduto in fretta, e c'entra con il fatto che Tito e Plinio erano stati compagni di tenda in Germania.

Tito era un uomo speciale. Già solo per questo: perché si vedeva che sotto i paramenti, dentro il cerimoniale, era come noi. Mio padre gli parlava con la devozione di un funzionario che sta dove sta perché è stato deciso così, invece, quando Plinio e Tito si incontravano, in tutta la prima parte della cena vedevi alzarsi fra i triclini il fronte dei nemici, vedevi la prontezza della decisione nella notte, l'angoscia delle perdite, la giovinezza. Io quello più di tutto capivo: che c'è un nucleo duro di giovinezza sepolto dentro ogni adulto e ogni vecchio e che, forse, fa di noi quello che siamo e che saremo.

Mio padre era un uomo calmo e contento, mi portava con sé non per raccomandarmi al futuro imperatore, ma per non perdersi una sera a Roma in mia compagnia.

"Mi sei mancato," mi diceva quando arrivava in città, mettendomi in imbarazzo. E quell'imbarazzo era il mio amore.

Io li studiavo per assumerne la statura, i comportamenti. Tito amava molto le nostre terre, anche se era un militare vero, non un aristocratico, e nelle ville ci si era trovato. Chiedeva sempre a mio padre di Pompei. Sapeva che la nostra città dell'imperatore non aveva alcuna paura.

"Ma non è che non lo temono, il contrario: lo considerano così di famiglia che possono fare tutto: difenderlo fino alla morte e prenderlo in giro. Sono una città di commercianti, Tito, vogliono lavorare sei ore al giorno e il resto del tempo riposare."

"Allora sono felici."

"Direi di sì, sono felici. O per lo meno sono allegri, hanno spirito."

"E a te non manca, questo spirito?" mi aveva chiesto Tito. Era la prima volta che mi parlava.

"A me manca il mare."

"E che ci fai qui?"

"Accontento mio padre."

"Studia da Quintiliano."

"Studia con mio nipote," disse Plinio, "ma se la panca della scuola avesse una vela, risalirebbe il Tevere, questo qui."

"Hai sentito cosa ha detto di te il prefetto della nostra flotta?"

Io non sentivo più niente che non fosse un galoppo di cavalli nel petto.

"Come ti chiami?"

"Lucio."

"Avvicinati, fammi capire meglio questa fantasia, spiegami."

"Io sarò dove serve a Roma e dove vuole mio padre, sia chiaro, però quello che so fare meglio è sulle navi."

"Ma per guidare una nave basta un egizio, non buttiamo via un nobile romano."

"Io non voglio guidare una nave, io vorrei vivere una nave, occuparmi di una nave, vorrei curare le navi come mio padre cura le sue provincie e Cesare cura tutti noi."

"E quell'occhio? L'hai già perduto in battaglia?"

"Non mi serve questo."

Mio padre sorrise, e Plinio disse:

"Un limite è un limite solo se uno lo sente come un limite, sennò non è niente".

"Io conosco un marinaio cieco."

"Ma fa il marinaio però, tu vuoi fare l'ufficiale."

"Ma io un occhio ce l'ho."

"E basterà se dovremo attaccare guerra ai Parti?"

"Lì non ci sarà solo un occhio, Cesare, ci sarà tutto quello che ho visto fino a oggi."

"Con queste risposte saresti un perfetto senatore, che peccato. Da Quintiliano hai imparato abbastanza, mi sa. Tuo padre deciderà per te. Però io sono circondato di persone che vogliono sempre più di quello che hanno e più di quello di cui sono capaci: cattivi amministratori, cattivi governanti, cattivi uomini. E mi commuove incontrare un giovane uomo che sa quello che vuole, e quello che vuole è meno di quello che potremmo offrirgli."

Rimanemmo in silenzio, nessuno sapeva cosa dire. E poi continuò: "No, forse non è questo che mi commuove. Forse è quel campo a Bedriaco, ti ricordi, Plinio, quando restammo con le spalle appoggiate a quella quercia chiedendoci chi di noi sarebbe morto prima? Non ne sarebbe valsa la pena, che il figlio dell'imperatore morisse accovacciato come uno che se la sta facendo addosso, però. Però non sono mai più stato così vivo... Facciamolo provare, mandiamolo a Miseno, se poi non va bene, nessuno gli toglierà quello che gli spetta per nascita".

Non sono tornato più da Aulo, sono scomparso, neppure un messaggio gli ho mandato e l'ho fatto solo perché sapevo che non avrebbe potuto ritrovarmi, né aveva le forze per raggiungermi, e non mi sono chiesto se ne sarebbe morto: mi sono chiesto solo se ne sarei morto io.

Sono arrivato a Miseno per l'inizio della navigazione. In questa festa, che le persone di terra non possono capire, c'è la rinascita dopo l'inverno, la speranza che il mare sia propizio, così gli dei. Tutto torna al mare: le ragazze con i fiori, i pescatori con le reti, i bambini scalzi per accaparrarsi un dolce. Il mondo torna a mettersi in movimento, le grandi onerarie tornano a riempirsi di carichi e l'acqua è di nuovo la strada su cui andare e venire. La barca di Iside, piena di spezie, con una grande vela, viene mandata ad aprire quella strada. C'è chi sale fino al faro per cercare di vederla il più possibile e, mentre scompare all'orizzonte, la stagione cambia.

Tra gli ufficiali che osservavano con rispetto il varo, che si preoccupavano sia dell'ordine pubblico che della sacralità del gesto, c'era Porzio, l'uomo a cui mi ha affidato Plinio.

Tutto quello che so delle navi l'ho imparato da solo, tutto quello che ho imparato sulle navi l'ho imparato seguendo Porzio. La prima cosa che ha fatto, salito a bordo, è stato gettare i suoi sandali sugli zoccoli dei marinai. E così ho fatto io, e poi siamo andati sempre scalzi sul ponte di coperta, come uomini qualunque.

"Quando impartisci il comando, devi immaginare cosa succede dentro il mare."

Lo ascoltavo mentre dettava la manovra al timoniere, lo accompagnavo se saliva sul seggio o se scendeva giù dai rematori. Restavo all'inpiedi, nei pochi giorni di pioggia che ci furono durante il mio apprendistato, ancora più dritto di lui, come se l'acqua non mi bagnasse, il vento non mi facesse tremare. Se Porzio era fermo, io restavo fermo, quando Porzio si muoveva, io andavo come lui.

"Quando tutto sarà perduto, per la notte o per la tempesta o per la battaglia, devi sapere immaginare. Questo fa un comandante: sa cosa succede."

Mi mandava giù dai rematori.

"Vatti a sedere al secondo ordine."

Ho impugnato il remo al primo posto, l'ho liberato e ho sentito il tonfo nell'acqua. Vicinissima, appena dopo la parete di fasciame: ho allargato il cuoio dello scalmo per guardare fuori e il mare era lì, quieto.

La nave mi è stata addosso come il guscio alla testuggine, è stata la mia casa ed era una casa speciale, perché andava. Era una casa che si muoveva per forza del vento o di braccia e questo ci ha fatto divini.

Un giorno, durante un'esercitazione militare, abbiamo montato le torri, ammainato le vele e dato velocità. Ero appoggiato all'albero.

"Non devi avere paura," mi ha detto Porzio.

"Non ho paura: tocco l'albero per vedere prima."

La nave mi parlava.

Rientravamo quando il sole scendeva, e io quella manovra lì ormai la sapevo comandare. Il timoniere mi guardava un secondo prima dell'istante in cui avrei dovuto parlare, e io gli dicevo quello che lui già sapeva. A volte vedevo che il suo braccio imprimeva il movimento mentre ancora non avevo detto: "Vira".

I primi giorni ho creduto che fosse per disprezzo, per alterigia: perché un nocchiero esperto ne saprà sempre di più di un ufficiale. Ma, conoscendolo meglio, ho capito: era la fretta di tornare, il porto si infiammava nel tramonto e ci attirava a sé con le sue promesse di gioia.

Quando alla fine dell'esercitazione tornavamo verso il porto i ranghi si sfaldavano, e ogni uomo riconosceva nell'altro uno stesso pensiero dominante: un uomo, una donna, la cena nella villa del senatore o la scodella tenuta tra le gambe nell'accampamento. Asciugarsi o andarsi a lavare alle terme: eravamo tutti uguali a quell'ora, in quel punto. A nessuno, tranne a Plinio, sarebbe venuta voglia di mettersi a leggere o scrivere, o studiar carte. Infatti il prefetto stava a Roma.

Plinia e Secondo spesso sono venuti a stare nella villa

di Miseno, sullo scoglio pennato, e sono stato ospite a casa loro come un altro figlio.

Ma più che le statue di marmo, ho amato le baracche di legno, mi sono dissetato più nelle ciotole di terracotta dei soldati che nelle coppe d'argento dei principi. Sono stato me stesso solo quando mi sono perduto nell'accampamento, tra diecimila soldati, marinai, armature, pentole con vapori di verdura e carne, e risate, e urla di donne e musica, e poi la notte.

È andata così come doveva andare. Sono stato contento, ma non come di una cosa che ti sorprende: come di una cosa che aspetti.

Mi accade, infatti, che quando salgo su una nave non penso più né ai giorni passati né a quelli che verranno: sono fermo nel mio presente. Mi importa solo il vento, la rotta, il cassero, le vele, sono cosa sola con il tempo e la nave, e quando scendo a terra, alla fine della giornata di esercitazione, sono contento e stanco come dopo l'amore, e vado alle terme solo per lavarmi, perché non ho bisogno più di nessun piacere, mangio pieno di fame e mi addormento senza accorgermene. È per questo che non capivo quell'incocciare sulle rime di Quintiliano che devono raccontare il mondo: per farlo devi staccarti da esso, io invece ci voglio stare dentro, ma così dentro da essere tutto pieno e nessuno spazio deve poter essere colmato dalle parole.


Il prodigio è cominciato all'orizzonte, come ogni cosa. In principio si sono fermati a guardare solo quelli che non stavano facendo niente. Poi, a mano a mano che la colonna grigia si alzava dalla costa e si apriva in cielo per diventare nuvola tra le nuvole, si sono avvicinati tutti al bordo del molo. Sappiamo cosa è una tromba d'aria, ma non era una tromba d'aria. Sappiamo cosa è un incendio, ma non era un incendio. Abbiamo, qui a Miseno, tra i marinai, la memoria di diecimila uomini che hanno visto tutto, hanno combattuto in Egitto e in Britannia, sono sbarcati sulle scogliere ricoperte dai ghiacci e nei deserti: non ci stupiva nulla, abbiamo avuto sempre una storia venuta prima di noi a rassicurarci. E, quando proprio non ne avevamo, c'erano le parole di Omero per me, o quelle di Strabone, che fa lo stesso.

Ma per questo prodigio qui non avevamo parole.

"Che cosa sta succedendo?"

"Che cos'è?"

"Dov'è?"

"È Pompei."

Ho cominciato a salire su verso la villa di Plinio: ho fatto veloce la parte di scale che mi nascondeva la vista del prodigio, e mi sono fermato alla prima balaustra. Con le mani sul marmo mi è sembrato che tremasse, ma forse tremavo io. Da quando sono a parte dei misteri non mi chiedo più precisamente dove finisco io e dove cominciano le cose, quale il fuori e quale il dentro. Qualcosa di enorme stava accadendo, e mi avvolgeva; io, o il mondo, tremavamo.

Ho cercato di capire da dove si partisse quella colonna nera, mi giravo tra le mani il cristallo che mi ha regalato Plinio ma il mare era calmo, il sole alto, la giornata dolce. Il prodigio veniva dalla terra non dal cielo. C'era un ragazzetto che correva verso la villa, l'ho preso per un braccio.

"Che cosa vedi laggiù?"

"Un albero, un albero come quello là", e ha indicato il pino che ci faceva ombra. L'ho lasciato andare e sono corso dentro la villa. Sono arrivato senza fiato, ché ogni volta che cercavo di gonfiare il petto mi veniva da tossire.

Però Plinio era tranquillo, stava sulla terrazza, assorto in osservazione, accanto a lui Plinia.

Secondo si è girato verso di me prima che lo raggiungessi, mi ha sorriso come uno che sa tutto.

"È casa mia."

"Sì," mi ha detto, "ma sarà un fenomeno passeggero, non ti preoccupare, Plinio ha fatto armare la liburna per andare a vedere."

Quando ci ha raggiunti il suo segretario ci ha chiesto: "Venite con noi?".

"No," ha risposto Secondo.

"Sì," ho detto io.

Ma in quel momento la torre di segnalazione ha iniziato a lampeggiare e io, sgomento come Cassandra, ho saputo vedere.

Il messaggio era di Rectina: l'ho letto a Plinio.

SCAPPAREDATERRAIMPOSSIBILEVIENI

Plinio ha guardato la sorella, le ha sorriso, poi ha detto: "Se gli dei hanno messo la più grande flotta di Roma di fronte a quella cosa lì, significa che la dobbiamo usare tutta".

Quando lo scriba è arrivato con il testo dei segnali stavamo già scendendo le scale: siamo andati dagli ufficiali che aspettavano il comando. I più svelti avevano già fatto armare le quadriremi. Siamo scesi tra gli alberi e le vele, tra gli uomini che li alzavano senza pensare, e quelli che invece ci stavano pensando, tra i facchini che preparavano le scorte d'acqua e le casse di farro.

Intanto già non si vedeva più la costa di fronte, ma io continuavo a vederla e sapevo che la colonna saliva da dietro casa mia, dal monte. Guardavo i segnali luminosi che partivano dalle torri. È l'alfabeto che ho più amato, e scriveva nell'aria parole di speranza. Le ho lette ad alta voce.

CIVILIEMILITARISOTTOLEARCATEDELPORTO

È stato allora che Plinio mi ha indicato agli ufficiali:

"Ci guiderà lui, diamogli il comando di una nave e seguiamola".

"Gli do la mia nave," ha detto Porzio, "va bene?"

"Andiamo. Imbarchiamo i medici."


Ecco perché siamo tutti sulla Fortuna. Perché è la nave di Porzio.

La Fortuna è una nave a vogata semplice, una bella quadrireme le cui assi furono stagionate al sole dell'Averno mentre io crescevo, sotto lo stesso sole, due promontorii più in là. Ha i banchi puliti perché il suo equipaggio se ne prende cura e non dimentica mai, alla fine di un'esercitazione, di asciugarla come asciuga il suo stesso corpo. Ci sono dei posti, sulla Fortuna, che conosciamo solo noi e i topi: piccole botole, sotto le sedute, che da chiuse non si vedono perché i maestri che le crearono resero i loro incastri perfetti. Lì, per affetto e per scaramanzia, o per beffa, abbiamo nascosto delle anfore di vino. Nella scassa, sotto l'albero maestro, ognuno di noi ha lasciato una conchiglia, l'immaginetta di terracotta o la memoria di una persona da dimenticare, quindi: il suo albero è perfetto per andare.

La Fortuna ha avuto solo una grande avventura sulle coste della Spagna, ha servito fedelmente, è tornata, è stata ricoverata nell'arsenale, ripulita, verniciata con il fuoco, le è stato sostituito il rostro. Non ha mai cambiato i colori delle sue tende che la assegnano al comparto militare di cui è la nave più veloce. Sui banchi siedono sempre gli stessi marinai da anni, hanno fatto tutto assieme, forse anche l'amore. Sono duecento, sanno vogare e fare la guerra e si danno il ritmo cantando il celeuma, e quando il fiato manca il capo vogata davanti a tutti batte il tempo con il suo stesso corpo. Non abbiamo bisogno di martelli, siamo più veloci dell'ammiraglia e delle altre quadriremi e quando ci siamo provati, una sera al tramonto, a tirare con una triremi, siamo andati più veloci anche di lei, ci siamo presi una sgridata da Porzio e una bevuta pagata dall'altro equipaggio.

Ma adesso di quella forza nelle braccia non c'era ancora bisogno: il Noto era favorevole, e la nostra vela gonfia. Il nocchiero ha gli occhi di mio padre: ho messo le mie mani sulle sue, alla barra, e siamo usciti dal porto in formazione, come un cuneo che deve fendere quella coltre e arrivare dall'altra parte.

La rotta all'inizio era facile: andare dove nessuno sarebbe andato. La colonna nera arrivava al cielo e poi ricadeva lungo i suoi stessi lati, senza esaurirsi. E quando il nero arrivava sul mare vi si spandeva nascondendoci la costa. Intanto il mare era calmo, il sole alto, Napoli stesa da un lato come sempre e Capri: azzurra.

Non ho avuto molto tempo per capire: dallo stupore per quella cosa laggiù, al comando della nave che amo è passato il tempo di una preghiera. Per ora stavo facendo una cosa che so fare bene: portare questa nave in mare aperto, e poiché io mi fido di lei all'inizio ho provato quasi un senso di sollievo.

Poi d'un tratto mi sono accorto che qualcosa non andava: il Noto in questa stagione spinge dalle spalle e porta felice a casa mia. Ma ora era diverso: ora il vento ci tirava. Andavamo sì, verso il prodigio, ma non perché ne eravamo spinti: ne eravamo attirati. La vela era gonfia allo stesso modo, così non era facile capirlo, e tutti gli altri comandanti delle quadriremi erano a prua: io invece appoggiato al mio albero ho sentito che il prodigio ci tirava. Era irresistibile. Noi credevamo di andare ma in realtà era la colonna che ci tirava a sé. Allora ho ordinato di ammainare, e quando l'ordine è stato eseguito – ogni nave dietro ripeteva il mio ordine, per ogni vela, per venti navi – hanno capito tutti: perché i remi erano estratti, fermi negli scalmi. Eravamo immobili e viaggiavamo veloci.

Porzio mi ha raggiunto, l'ho prevenuto:

"Non lo so, ma noi non dobbiamo sapere, dobbiamo solo andare".

"Torniamo indietro."

"No, questo non si può."

"Si può ancora."

"Non si può più dal giorno in cui ci siamo fatti marinai."

Infatti ora bisognava solo avere coraggio, il coraggio che fu di Odisseo dinanzi al ciclope. E alta come un ciclope ci appariva la colonna a mano a mano che ci avvicinavamo al monte. Ci sovrastava.

Pure saper parlare mi è servito: ché guardare dritto dritto il proprio timoniere e dirgli di indirizzare la chiglia direttamente verso le fauci spalancate di Plutone: se è difficile.

Non che mi sia messo lì a costruire versi mirabolanti, né sono stato così meschino da parlare alto in modo che lui non potesse raggiungermi, piuttosto il contrario.

Gli ho detto: "Io non credo che moriremo, sono più giovane di te e voglio vivere ancora il doppio di te, quindi se pensassi che andando si muore non andrei. Però non so cosa c'è al nostro arrivo, so che da qualche parte lì c'è mia madre, e Rectina, la donna che ci ha mandato l'allarme, la conosco da quando ero piccolino, e quelli come noi: e noi dobbiamo sempre andare verso quelli come noi, finché abbiamo una nave per andare, sennò potevamo restare a terra. Io potevo starmene tranquillo con il mio amico Secondo a tradurre Livio, e tu a vendere schiavi, e loro, i rematori lì giù, sarebbero stati gli schiavi che vendevi".

Avevamo percorso venticinque miglia quando ci siamo trovati davanti una cortina scura.

Io leggevo i segni dalle torri di Ercolano. A I U T O

Dietro di noi c'era il sole e a prua era notte. Non era un banco di nebbia: era come entrare dentro un incendio: l'aria vorticava scura, densa, altissima. La costa lì dietro doveva continuare, ma quello che avevamo noi davanti era un'altra cosa: era la visione che si interrompeva. Era come quando Alessandro su quella spiaggia dove stavo per annegare mi poggiò la mano sull'occhio buono. Va bene: sapevo governare questa cosa, siamo andati avanti. Potevo ancora guardare nell'ultimo spicchio libero la torre di Ercolano: poco prima di entrare nella nube i soldati, da lì su, devono averci visti, perché il segnale luminoso è scomparso per un istante – l'istante di abbracciarsi, di battere le mani, asciugarsi le lacrime, avvisare i padroni: stanno arrivando. L'istante di ringraziare gli dei – poi sono tornati regolari.

Ho immaginato quante persone avrei potuto caricare: moltissime.

"Con questa flotta si salvano tutti gli abitanti che ne hanno bisogno," ho detto a Porzio, ho detto a me, poi:

"Torno, madre, torno come volevo, solo il tempo è sbagliato".

Ma gli dei giocano.

Ci crederanno mai, se non torno a raccontarlo?

Mi sono sentito bruciare sul collo, ne ho tirato via una pietruzza infiammata, che mi aveva punto come un'ape. E ha cominciato a piovere cenere. I pezzi più grossi li scalciavamo via dal ponte e, quando finivano in mare, sfrigolavano. Erano accesi.

Ho un equipaggio meraviglioso, che non dice una parola, neppure una di quelle mille parole che credevamo servissero alla vita. Stanno dentro i remi, dentro i ranghi, sulle panche, il loro corpo è la nostra possibilità. Ho detto a chi era sopracoperta di indossare gli elmi e bagnare il ponte. Poi mi sono messo a sentire, poggiato all'albero: il ritmo dei remi preciso che scandiva la vogata sull'acqua, il segnale luminoso dalle torri, il mio cuore – nel collo me lo sentivo.

E siamo entrati.

Siamo entrati nella notte, nel nero, nel buio. Mi sono sentito quasi eccitato: quando rischi tutto sei libero.

Ho urlato e li ho mandati sottocoperta, anche il nocchiero, e sono rimasto solo.

Ho continuato a urlare, ma era la vita che usciva con tutta la forza che aveva dal mio petto, dalla mia bocca. Essa si manifestava dentro le porte di Plutone. Urlavo e dicevo: ci sono.

Mi sono messo al timone come mi insegnò il marinaio cieco e, come mi insegnò lui, ho solo assecondato la corrente.

Dopo, mi dispiace. A pensarci ora ho trascinato la flotta di Roma dentro il nulla, non sono stato un buon comandante, sono stato coraggioso, ma il coraggio è un movimento solo tuo, non va chiesto agli altri, non va imposto. A pensarci ora, ho sbagliato. In quel momento mi sono detto: 'Ogni cosa che faccio è destino, finché resto in piedi tengo la barra, quando muoio la lascio'.

L'elmo mi salvava la testa ma le pietre che cadevano mi scorticavano le braccia, i piedi, arrivavano come frecce.

Non si vedeva più niente però io non ho bisogno di vedere, sapevo che stavamo andando verso Stabia.

Ho questo senso io: che so dove sto. È un elemento che ormai mi porto dentro come la natura porta le sue radici nell'aria, nell'acqua, nella terra e nel fuoco. E insieme a questo sapere dove sto, ho una irrequietudine che mi sposta sempre da dove sto. Quella cosa che mi faceva alzare dalla panca della scuola è una necessità mia interna, terribile, implacabile di non accontentarmi mai.

Eppure credo che siano state queste due attitudini a condurci fuori, dall'altra parte: superato il muro nero, oltre la grandine, quando è tornata la luce e a poche miglia da noi ho scorto la sagoma dello scoglio di Ercole.

Mi è apparsa dall'infanzia, come tornano le cose in sogno.

Quando non hanno sentito più rumori, ufficiali e marinai sono saliti sul ponte, e la Fortuna era tutta invecchiata, grigia, così noi.


Gli uomini si dividono in due parti: quelli che pensano "sono vivo" e quelli che pensano "morirò". Li vedi assieme nello stesso momento con i piedi sullo stesso legno. Stanno insieme e hanno passato le stesse cose, hanno remato alla stessa panca o servito lo stesso imperatore. Hanno mangiato assieme, scopato la stessa prostituta lì all'accampamento e attraversato assieme lo Stige, ma uno sorride e l'altro no, uno è pronto e l'altro stanco, uno chiude i boccaporti e l'altro li spalanca. Va così, me li trovai davanti. Seppi subito da quale dei due gruppi sarebbe potuto partire l'ammutinamento.

"Qui c'era solo mare cinque giorni fa," disse Porzio.

La costa si era avvicinata, e lunghe lingue di massi, forse gli stessi che colpivano le navi, arrivavano quasi ai primi scafi. Sorgevano dall'acqua, inaspettate.

Il fondo del mare si era alzato.

Davamo le spalle a Ercolano, andavamo dove la corrente ci accompagnava, e io ho cercato di dimenticare quei segnali dalle torri – dietro ogni segnale un uomo come me –, e che lì davanti c'era la mia casa – dentro quella casa me piccolo immobile nel letto a sentire la grandine.

Abbiamo potuto osservare il prodigio da vicino: era il monte che aveva sputato dalla sua gola quella colonna, e il materiale che ne usciva ricadeva compatto tra noi e Napoli.

I rematori ci hanno detto che non riuscivano più a immergere il remo nell'acqua perché il mare era denso. Ho segnalato di dare l'ancora lì, dietro lo scoglio di Ercole, e a poco a poco, precise, stanche, imbiancate, sono arrivate le altre navi. Il mare era denso, ma anche l'aria lo era, così abbiamo preparato delle bende e ce le siamo avvolte su naso e bocca, e curavamo di tenerle sempre umide. Il medico mi ha pulito le ferite: "Contro chi hai combattuto?".

"Giove."

Dietro di noi è arrivata l'ammiraglia: era facile da riconoscere perché è la più grande, era difficile da riconoscere perché non aveva vele e la chiglia era imbiancata. L'ho attesa a poppa per parlare con Plinio. In fondo c'era ancora quella coltre nera, era immobile sul mare laggiù, noi eravamo in un luogo fermo – sembrava protetto – tra la costa, da cui partiva il prodigio, e la sua violenza, che si riversava lì. Così le navi venivano fuori come gli attori dalla scena. Non tutte: ne sono arrivate quindici. Ma vedere quindici navi dà un senso di sicurezza perfino in quella condizione. E così è stato che, mentre Plinio si avvicinava con l'ammiraglia, io mi sono accorto che avevo comandato la mia prima nave. Ho sorriso.

Io a Plinio volevo molto bene. Questo lo sapevo già nel momento in cui mi parlava: l'allenamento mio a guardarmi dentro mi ha regalato una capacità, che come ogni dono è bella e brutta assieme, ed è: capire il bene mentre lo provi. È bella perché sai di essere in una condizione privilegiata e speciale: quella di chi ama. È brutta perché, mentre guardi quell'aura d'oro, in essa già riluce l'ombra della perdita.

Io amavo Plinio come lo amava Secondo, come un nipote, come un figlio, come uno molto più vecchio di te di cui ti puoi fidare, perché ti ha capito e ti ha accolto, e tu sai che il confronto con lui è prezioso, e non te ne vuoi perdere neppure un istante. Così ascoltavo io l'ammiraglio a quell'epoca, e lui mi sorprendeva sempre, perché era allegro. Mi parlò dall'impavesata.

"Scendo a terra, Lucio."

"Io non andrei, ammiraglio."

"Infatti tu non verrai: ti lascio il comando della flotta."

"Dopo sarà difficile risalire."

"Il fenomeno è terminato. Il Vesuvio era come l'Etna, ecco perché il vino veniva così buono."

"Però ammiraglio, dopo tornare sarà complicato."

"Non ti preoccupare per me, Lucio: ho da leggere e scrivere, tu piuttosto annota tutto."

"Mandiamoci segnali."

"Appena la corrente cambia imbarchiamo tutti e ce ne andiamo. Vedo Pomponiano che si sbraccia, vado."

Neppure in quel momento avevo capito cosa sarebbe successo. Siamo strani: crediamo più a quello che abbiamo sempre veduto che a quello che stiamo vedendo, ci fidiamo più del passato che del presente. Credevamo che fosse finita, perché guardavamo alle spalle e davanti a noi, senza pensare che invece ci eravamo in mezzo: eravamo salvi e questo ci bastava.

Plinio era sceso a terra con due schiavi e il segretario, dalla spiaggia luccicavano i gioielli delle matrone, avevo il comando della flotta. Se fosse stato un mare normale di un giorno qualunque, durante la notte si sarebbe calmato e all'alba avremmo potuto risalire la costa da Stabia a

Ercolano, sarei potuto andare a vedere se c'erano danni a casa.

Come mi comparve l'immagine della casa davanti agli occhi una merla si venne a posare sulla tenda, mi sembrò un buon auspicio, mi misi a pregare.

E bene ho fatto perché nella notte è iniziato il maremoto. È Nettuno stesso, scuotitore di terra, che ha spinto fuori quella colonna nera dalla cima del monte, ha gettato nel terrore le città, e ci ha attirati qui per salvarci, poi, a ogni onda. Cadiamo, camminiamo carponi, ci teniamo l'un l'altro. I rematori si sono stesi tra le panche, io resto sopracoperta perché è qui che devo stare, mi sono legato con Porzio all'albero maestro e guardiamo il dio mentre fa.

Arriva da terra come un muro d'acqua, molte volte più alto della nave, e quando è certo che ci travolgerà, si ridistende in forma d'onda e ci solleva, ci porta su. Restiamo su qualche attimo, poi scendiamo nel vuoto, e infine l'onda si ripiega e la mano di Nettuno ci lascia dove eravamo.

Ci guardiamo intorno, bagnati: è scomparsa la Victoria: è quel gorgo di legni e braccia laggiù, per lei, per loro non possiamo nulla. E, quando abbiamo finito di disperarci, Nettuno torna come un muro di acqua dalle pendici del monte. È immenso, è come il terrore che ti afferra nell'incubo la notte. Si avvicina e moriremo, ma poi si ridistende sotto la nostra chiglia e ci solleva, e quando siamo su sappiamo che cadremo e ci sfasceremo come barbari lanciati dalle mura e invece: scendiamo nel vuoto, l'onda si ripiega e la mano di Nettuno ci lascia dove eravamo.

Finché un marinaio si è trovato la catena dell'àncora tra le mani, la teneva fra le braccia come un cadavere senza testa.

"Dobbiamo legarci all'Annona," ha detto Porzio, ma quando la schiuma ci ha permesso di guardare abbiamo capito che l'Annona era sparita.

Non abbiamo detto una parola a riguardo, cosa c'è da dire quando credi di essere in compagnia e ti trovi solo?

Nel silenzio degli uomini, nel frastuono di Nettuno, hanno pensato tutti che la prossima nave a sparire sarebbe stata la nostra, senza àncora, quanto avremmo potuto resistere? La Concordia era troppo lontana.

"Scendo dai rematori," ho detto, come se dovessimo arrembare un nemico, "io voglio vivere, Porzio, dobbiamo provare, un altro modo non c'è."

Mi sono messo al posto del capovoga, e ho fatto parlare la nave. Ho avuto per tutto il tempo davanti agli occhi della mente una sola immagine: che la prua fosse sempre libera dall'acqua.

Abbiamo remato.

Quando l'onda ci portava su abbiamo remato a favore dell'onda, siamo saliti, non di punta, ma di tre quarti, e quando ho sentito che stavamo su abbiamo invertito il senso della vogata e abbiamo remato al contrario, cercando di scendere laterali.

È che non c'era una scelta tra una cosa buona e una

cattiva, tra un ordine impartito bene e uno male. C'era solo una possibilità, e l'avevamo assecondata come la nave fa con l'onda, noi altro non avevamo, che vomitare e pregare Nettuno di tenerci ancora sulla sua mano. Sapere quando lasciare andare la Fortuna e quando tenerla è l'unica cosa che ci è data.

L'abbiamo fatto quattro volte.

Poi il maremoto si è placato e ci siamo legati alla Concordia.

Dopo eravamo distrutti, doloranti come se fossimo caduti da cavallo, come se avessimo la febbre, e siamo rimasti qualche tempo immobili.

Ma dopo, ancora dopo, quando ci siamo sentiti meglio, abbiamo creduto che fosse finita, con nuova convinzione, nuovo cuore e, anche se lentamente quella caligine che avevamo alle spalle stava iniziando a invadere l'aria e, anche se nessuno più segnalava da terra e avevamo perduto ogni contatto con Plinio, io, quasi a volerlo tenere vivo di per me quel contatto, quasi si potesse: ho cominciato a disegnare una piccola mappa come quelle su cui ho studiato a Miseno.

Le mappe militari sono fatte per segnare le strade consolari, per essere seguite srotolandole di miglio in miglio, e del mare non lasciano che una traccia lunga al centro: tutto il mare nostro sulle mappe militari è stretto e lungo come un canale.

Sono partito dal vento. Ne ho segnato solo uno, che qua si chiama Volturno, si chiama così perché spira esattamente dalla foce di quel fiume dove un giorno da bambino avevo catturato una rana.

Ho segnato qui. Qui siamo noi, allo scoglio di Ercole che in estate era il rifugio dal caldo. Ho segnato lì, lì c'è Secondo a Miseno, dove ogni uomo dell'impero diviene marinaio. Ho segnato di fronte: la casa di Pomponiano a Stabia, dove mio padre mandava gli schiavi a comprare il vino. E Ercolano con la villa di Rectina e la sua immensa biblioteca, e Oplonti dove una volta, durante una gita, trovammo le stelle marine a terra, sotto gli alberi di aranci. Ho segnato il monte che si è rivoltato e, dietro, Nola e Nocera. Le ho indicate tutte con l'iniziale.

Anche casa mia. E ogni punto che segno mi parla.

P.


"I marinai sono spaventati da questa notte senza giorno," ha detto Porzio entrando nella tenda.

"È giorno. Il giorno è dietro il fumo del prodigio."

"Vogliono tornare indietro."

"Con questo mare è impossibile, con questo vento è impossibile, senza Plinio è impossibile."

"Ma cosa stai facendo? Io non so più come tenerli: sono dietro la tenda. Ho detto che venivo a parlarti io."

"Sto cercando di riportare sulla tavoletta la nuova forma della costa, di segnare le secche... io sarei sceso a terra, avrei preso uno di quei cavalli che stanno impazzendo sulla spiaggia, si sentono da qua, li senti? E sarei andato da mia madre. Ma, due cose da riferire ai marinai. La prima: l'ammiraglio mi ha detto di rimanere su questa nave e di assumere il comando della flotta e di appuntare tutto perché così si fa, e io obbedisco senza pensare, perché noi siamo esattamente la nostra sorte, e non è che ce la possiamo togliere di dosso quando non ci sta più bene come la maschera alla fine della tragedia. Nella vita il teatro è sempre aperto."

Allora ho aperto pure la tenda, tanto loro tutti stavano là dietro ammucchiati zitti.

"L'altra cosa è che sotto le sedute del primo ordine c'è una botola lunga, incassata, i rematori lo sanno. E dentro ci sono quelle otto anfore di vino che abbiamo caricato la sera dell'ultima esercitazione. Ci perdonerai, Porzio: abbiamo vinto una scommessa."


Abbiamo bevuto dalla stessa coppa, a turno, io con i marinai, perché ogni cosa è coperta dalla cenere e non abbiamo modo di pulire più nulla. Il Noto però almeno spira e questo ci dà speranza. Vediamo le navi della flotta, e le fiaccole di Stabia, poi niente più. Sulla Concordia qualcuno canta.

"Queste ci bastano solo per oggi, comandante, quindi appena cala la nebbia si torna a casa."

"Casa mia è là, però", e ho indicato verso il monte.

Ho cercato nel buio l'anfora per servirmi ancora, ho passato le dita sul sigillo impresso nella creta e dentro c'era stampato lo stesso sigillo delle anfore che trovai da piccolo nell'oneraria di Cassio. Così sono tornato a pensare che non eravamo riusciti a sbarcare, e che dalla terra non arrivavano più segnali, e che chissà come stavano tutti.

Sì, il vino ci permette di non tremare mentre la nave gira su se stessa in attesa, ma l'attesa è piena, e pensare o cercare di non pensare, sperare o disperare costano la stessa fatica. Ho imparato la memoria del corpo attraverso i profumi della pelle del ragazzo che ho amato, e del gelsomino che mia madre piantò e che fiorì all'improvviso un'estate. Ho conosciuto il richiamo di quel frutto lontano che mangiai a Roma, alla tavola di Vespasiano, e che dentro possedeva tutte le terre attraversate. E oggi, alla fine del mondo, ho imparato che la pelle custodisce le parole e le sa leggere: il pensiero di Cassio mi ha fatto male e bene, male per la paura di perdere ciò che conoscevo, e bene per averlo avuto.

Infine, all'improvviso, la terra è scomparsa come se una seppia scappando si fosse lasciata dietro la sua nuvola nera. Nel nero brillavano minuscoli puntini rossi che si sono allargati a ventaglio sul mare. Abbiamo visto le vele di una oneraria che stava, come noi, in attesa alla fonda, prendere fuoco: ha galleggiato accesa come una torcia e poi è scomparsa fumando. È successo non lontano da qui, se i suoi marinai, con i quali ci siamo scambiati piccoli cenni di vicinanza nella disgrazia, avessero urlato, se si fossero gettati in mare, forse li avremmo sentiti. Invece non abbiamo sentito niente. Ci siamo salvati, credo, perché lo scoglio di Ercole ci protegge, o perché quella cosa che è precipitata giù dal monte, quel soffio mortale, non ha avuto la forza di arrivare fin qui. Comunque sia andata, noi siamo vivi, incolumi, e quelli sono morti senza un lamento. Comunque sia andata, noi siamo annichiliti, testimoni di una forza sovrumana che potrebbe cogliere noi, come ha fatto ribollire il mare e saltare in aria i pesci un miglio al largo. Più di tutto ci ha spaventati il silenzio. *Dove, per quanto*, sono domande inessenziali.

E ho capito a che serve la filosofia. A che servono le esercitazioni di retorica, perché abbiamo studiato i diari di Cesare come se fossero i nostri e perché abbiamo imparato il greco. Sono al servizio degli altri: marinai che hanno il doppio dei miei anni sono venuti implorando perché spiegassi loro cosa stava accadendo. Come se fossi più vicino di loro agli dei, mi hanno chiesto di interpretare i segni. A questo serviva quel magazzino di vite altrui che Quintiliano ci ha lasciato in dote: a orientarci quando non si vedono le stelle, come stasera. Nel pozzo del loro animo le persone si fidano di questo: non dei galloni lucidi che Plinio veste sulla toga né della vela porpora che solo lui può issare né del diritto di decidere se vivrai o morirai: si fidano di te se tu sai e sai spiegare, e ti fai tramite dell'indecifrabile.

Allora non contava più che fossi giovane, che non avessi mai condotto una quadriremi, né avessi mai seguito l'Augusto in battaglia.

Eravamo il monte rosso che squassava, loro attaccati al legno con le cime, io tra di loro. Ho visto come è facile diventare sacerdote nel terrore. Basta restare in piedi e dire: ascoltatemi. Avrei potuto metterli a pregare e l'avrebbero fatto, come dir loro di pisciarsi in testa l'un con l'altro e l'avrebbero fatto.

Se ho avuto meno paura degli altri, se – perché ne ho avuta tanta – è perché ho recuperato due pensieri e glieli ho spiegati:

"E l'aria diviene vento quando l'agita e la muove una forza". È un verso del *De rerum natura* che ho dovuto imparare per far contento Alessandro. Tutto l'ho dovuto imparare: racconta dell'Etna in Sicilia e dice cose simili a ciò che abbiamo visto, e quindi forse si tratta di quello. Non parla di vittime, di morti, di niente di pericoloso. E soprattutto è già successo, già è stato cantato, e questo ci fa meno soli.

E poi ho parlato loro di cose che conoscono meglio di me: la fatica dell'assedio, la resistenza in guerra, affrontare l'ignoto. Quanti di loro l'avevano già fatto e lo conoscevano e sono in grado di rifarlo perché sono stati già capaci una volta di rispettare gli ordini con fiducia e andare quando c'è da andare. Solo che l'avevano fatto contro altri uomini con l'elmo calcato in testa e non contro una forza della natura. Ma è la stessa cosa, gli ho chiesto lo stesso animo, la stessa costanza.

"Lui è un iniziato," ha urlato Porzio per sostenere il mio discorso.

"Sì, per Iside."

Alla fine erano parole, io ho parlato, non agito, e poi, dopo questo fenomeno, non abbiamo visto più nulla. È stato solo un lunghissimo crepuscolo in cui non potevamo far altro che star fermi. Un tempo immobile e grigio durato due giorni e due notti, calcolato sulla clessidra e sulle facce terree dei marinai.

In questo tempo ha tentato di uccidermi un rematore zigite che aveva la mia età, o almeno così credemmo di capire, perché lui non conosceva neppure la sua data di nascita, e comunque quando l'abbiamo interrogato non aveva più fiato per parlare. Era stato sempre sulle navi, senza padre, senza mai madre, ricordava solo mare, remi e qualche piacere all'accampamento di Miseno. Aveva paura.

Non doveva fare niente di difficile: allungare il braccio con la lama, perché io ero immerso ad annotare la mia nuova mappa con la tenda aperta, con la lanterna accesa, sempre nella stessa posizione, seduto verso prua. È stato bravo a venire dal lato dell'occhio cieco, ma io sento come un cane e poiché avevo lo stilo in mano, nello stesso movimento con cui mi abbassavo per scansare il colpo, gliel'ho pure infilato nello stomaco.

Dopo, tremavamo entrambi.

"Lo faccio gettare a mare?" mi ha chiesto Porzio, terrorizzato più lui di me, perché la responsabilità dell'equipaggio è sua. E certo qualcuno aveva visto e non ha parlato, certo qualcuno sapeva.

Ero molto offeso, e tremante, e arrabbiato. Ce l'avevo con gli dei che mi avevano usato come una maschera della commedia, dandomi il mio primo comando contro di loro, e con me stesso che non ero riuscito ancora a raggiungere la città, e con Plinio che era sceso a terra condannandomi a morte. E poi avevo paura, ero stanco, e queste bestie. Bestie erano, non marinai. E inutili. E io che avevo diviso con loro il vino e ogni tormento.

"Lo impicchiamo all'albero?" ha insistito Porzio, "sarà più esemplare per gli altri."

E allora Iside mi ha aperto l'altro occhio e mi ha mostrato dove stava nascosta la mia rabbia: dietro la tenda di Satrio da cui, bambino, avevo visto uccidere.

"Ma che dici? Piuttosto fallo curare dal medico di bordo, chissà se si salverà."

Infatti non è stato il gladio, ma lo stilo, a salvare la vita a me. E forse anche quell'allenamento a stare fermo nella panca della scuola, contro la mia impazienza, mi è servito mentre siamo alla fonda, in un giorno senza giorno.

Il cielo è pieno, non è vuoto e trasparente: è compatto, denso, e ci sta tutto intorno. Noi sappiamo che il sole fa il suo corso perché lo vediamo come fosse la luna, c'è, è un cerchio bianco senza forza dietro l'aria. Per due volte ha fatto su e giù, e gliel'ho lasciato fare perché abbiamo da mangiare e da bere, ma mi sono dato solo un altro giro, poi, se non cambia nulla, resto io per l'ammiraglio e rimando gli altri indietro. Porzio mi ha chiesto solo questo:

"Quanto ancora?".

Gli ho spiegato la mia decisione e lui, che è un uomo come devono essere gli uomini, ha detto:

"Sono d'accordo. Se nulla cambia rimandiamo indietro quello che resta della flotta e rimaniamo io e te".

Porzio ha stabilito dei turni per farci riposare tutti

qualche ora e nei turni ognuno era responsabile su qualcun altro, come in un gioco. Aveva stabilito i gruppi facendo attenzione che gli elementi non venissero dallo stesso remo, forse immaginando una minore complicità. La distanza di Porzio dalla natura interna delle cose mi sembrava incolmabile, ma così abbiamo fatto finché al terzo giorno quei marinai che erano rimasti svegli li abbiamo trovati tutti immobili lungo l'impavesata a guardare: la caligine si era alzata e il monte era così chiaro che se ne vedevano i contorni al buio.

Sangue rosso gli colava dai fianchi feriti.

Camminava, si stendeva e si rapprendeva in volute grigie.

C'era il sole tiepido di ottobre, come fosse stato un giorno qualunque di un anno qualunque. Ma la terra era mutata. Il monte si era accresciuto e mostrava le due teste di Giano, dio degli inizi e delle transizioni. La costa era avanzata fino a noi e quei campi che potevamo scorgere fumigavano.

Dalla spiaggia di Stabia erano spariti tutti. Indicavo al mozzo, che vedeva bene, per farmi raccontare, ma lui diceva:

"Lì niente più, comandante".

Allora spostavo il braccio, il dito.

"Lì nessuno più, comandante."

"Né donne né cavalli?"

"Niente, comandante."

Le navi di Pomponiano in parte erano riverse sui fianchi, fuori dall'acqua, dove le aveva poggiate il dio, e quelle che restavano in mare erano gremite di cose e persone. Lungo la costa non si vedeva nulla e la stessa città, che di lontano ci era apparsa di marmo bianco e case rosso cupo, era più bassa, forse era sprofondata, oppure quel soffio che aveva arso l'oneraria aveva alitato anche su Stabia. Il porto, che aveva l'attracco più gentile del golfo intero, ora era alto e duro come lo zoccolo di un cavallo.

Quando Plinio era sceso ancora si distingueva la dorsale che da Stabia poteva, al galoppo, portarmi rapidamente a casa, la distinguevo perché era una strada per pastori e cavalli, fatta di pini fronzuti, sempre verdi, in fila quasi a scalzarsi l'un l'altro dalle radici. Facevano riparo dal sole in estate e un tetto profumato per i giorni di pioggia, e ora di quella dorsale, di quella strada, di quegli alberi non c'era più nulla. Non c'era nulla che fosse colorato di verde lì in fondo.


Abbiamo passato in rassegna la flotta, era meno della metà: restavano cinque triremi e due quadriremi, l'ammiraglia era distrutta. Porzio ha fatto segno alle navi superstiti di avvicinarsi: io non avrei mai voluto vedere i miei uomini così: laceri e sporchi, con i capelli bruciati, la carne viva senza più pelle. Che guerra è questa? Gli ufficiali gettavano a mare i marinai che impazzivano. Mangiare, bere, respirare non basta quando non sai se vivrai domani.

Ho avvisato che in qualche ora saremmo andati a terra. Ho lanciato verso la costa dei segnali, mi ha risposto qualcuno che non li ha saputi leggere, ma mi ha risposto qualcuno. E verso queste ombre andremo.

Abbiamo dato un compito e una direzione a ciascuna nave: quella messa peggio l'abbiamo rimandata a Miseno per farci inviare aiuti e comunicare con l'imperatore. Ho scelto una triremi per l'ammiraglio perché Stabia è piccola e piena di patrizi che hanno le loro navi, ho dato l'incarico di riconsegnare il comando nelle mani di Plinio, una volta che l'avessero incontrato, ho lasciato loro questo diario di bordo e l'ordine per chi avesse navi proprie di imbarcare tutti i civili possibili, salvare chiunque. Ho mandato l'altra quadriremi che ci è rimasta a Ercolano, perché sapevo che i cittadini si erano radunati sotto le arcate della spiaggia, e speravo che con loro fosse scesa anche Rectina. L'ultima triremi l'ho indirizzata a Oplonti. Mi sono assicurato che ci fosse un medico su ogni nave e che avessero rematori vivi sufficienti a tornare in poche ore anche a pieno carico.

E finalmente ho guidato la Fortuna verso casa.

Poiché non vedevo più le costruzioni del porto, ho virato verso la spiaggia su cui andavamo da bambini, ma la forma della costa era cambiata: il mare finiva molto prima degli ormeggi. Doveva essere lì eppure non c'era.

"È possibile?" chiedeva Porzio.

"È possibile?" chiedevano i marinai.

Sono sceso quasi camminando lì dove un giorno nuotai, ho risalito una dorsale di fango.

Ho portato con me solo un militare e, mentre noi camminavamo verso il monte, piano piano, come fossero spuntate dalla terra in quel momento, comparivano altre persone. Ma di umano avevano poco, nessuno sguardo negli occhi, nessuna voce in bocca. I marinai rimasti alla nave avevano il compito di imbarcare chiunque avessero trovato, prestare le prime cure, aspettarci e ripartire con me e mia madre.

Pensavo: la Fortuna è grande, riuscirò a portare via tutti. Poi non ho pensato più nulla perché ogni forza l'abbiamo dovuta impiegare per andare avanti. Ogni volta che facevamo un passo il nostro stesso peso ci sprofondava fino alle ginocchia. E così era per la melma, così era per la cenere e così fu dentro le pietre pomici, un numero senza fine di pomici leggerissime, come quelle che a volte si trovano sulla spiaggia e che si raccolgono per pulire la pelle. Qui invece ferivano, e ci graffiavano ogni volta che mettevamo il piede dentro.

Per percorrere le miglia che facevo da ragazzo correndo ho impiegato mezza giornata, il sole era splendente, la mia ombra si allungava. Avevamo portato una sacca di pelle con dell'acqua e bevevamo a turno, anche se il sole non era caldo: il caldo saliva dalla terra, e l'aria odorava di zolfo. Era la stessa che le nostre balie ci dicevano di respirare allargando il petto, quando andavamo alle terme di Baia, perché ci avrebbe aperto il respiro e fatto migliorare nella corsa. Fino a che sono arrivato dove credevo fosse porta Nocera, ma era scomparsa. Il militare che mi accompagnava ha detto:

"Comandante, io credo, scusami comandante, io credo che ci stiamo camminando in mezzo, credo, comandante, scusami, io credo che il prodigio abbia trascinato tutto a mare, tutto".

"Dove?"

Io d'intorno vedo solo grigio e piccoli cerchi, come bolle che esplodendo abbiano lasciato la loro impronta. Non c'è la città.

Non ho creduto al militare, ma se avessimo continuato in due l'acqua non sarebbe bastata per il ritorno, e non potevamo prevedere come sarebbe stato quel ritorno, in quanti, con chi, se a piedi o a cavallo, e quando. Soprattutto quando. Non c'erano alberi sotto cui riposare, né pozzi, né tracce umane. Allora gli ho detto di tornare alla nave e ho continuato da solo. Non avevo nessun luogo a cui riferirmi, sapevo solo una cosa: che per andare da mia madre dovevo lasciarmi il mare alle spalle e procedere verso il monte. Intanto lo guardavo, nuovo. Ché da un fianco gli era cresciuta la nuova testa, anche più alta di quella originaria, e viola, e fumigante. E mentre il monte che conoscevo era così verdeggiante da parere morbido, questo nuovo era calvo e duro. Camminavo, affondavo fino alle ginocchia, le ritiravo fuori, sanguinavano, e quando mi sono voltato verso il militare e ho capito che ci eravamo lasciati molto indietro e davanti non avevo ancora nulla e nessuno ho cominciato a sudare, e il cuore mi batteva fortissimo come dopo la palestra e non ci vedevo più. Ho pensato: sto diventando cieco e morirò qui, il soldato non verrà a cercarmi. Allora mi sono messo a pregare, inginocchiato nella cenere e quella preghiera mi ha liberato dai vincoli della paura.

Lì, al centro di un lago grigio, ho veduto una cosa che non poteva essere altro: le maschere di Gorgone del tetto del tempio di Iside, e l'acconciatura alta della sua statua. Sbucavano dal lago immoto come scogli affioranti, e ho capito: il prodigio non aveva trascinato tutto a mare, aveva sepolto tutto sotto.

Stavo camminando sul tempio.

"Grazie," ho detto al soldato quando mi ha portato sulla Fortuna. Attorno a me il ponte era pieno di persone scorticate, e nere, di alcuni si indovinavano gli occhi e basta.

La notizia di ciò che avevamo trovato sbarcando, e inoltrandoci nell'interno, era arrivata prima di noi, lugubre e definitiva, e notizie tutte simili a quella arrivavano dagli altri punti della costa in cui avevamo mandato le navi. Ogni città sulla terra era scomparsa, ogni ponte di ogni nave era una distesa di superstiti inebetiti e moribondi.

Il medico faceva quello che poteva, mi ha chiesto di salpare subito, e altro lì non c'era da fare.

Ma poi è tornato da me, mi ha guardato bene, mi ha preso per le spalle e mi ha scosso e ha aggiunto qualcosa:

"Meglio che tua madre sia morta subito e non sia tra questi feriti. Pochi si salveranno, e chissà come: hanno respirato cenere per tre giorni".

Ma è la frase di un medico e ringrazio gli dei per non doverci pensare. Io so come era: era bella. La città, dico, mia madre. Era osca ed etrusca e greca e romana assieme, e dalle terrazze guardava il mare. Questo è meglio. Altro meglio non ho da scegliere, io, tra morire, vivere e a quale condizione.

I poeti non s'inventarono niente, ogni incubo, ogni paura, ogni sobbalzo nel sonno, ogni buio, ogni morte sono veri, sono già stati e possono riguardarci. Ora riguardava me.

Le persone hanno un'idea vaga della catastrofe, finché non se la trovano davanti. E molti, per loro sorte felice, non se la troveranno mai davanti. Ne hanno un'idea fatta sui testi antichi e sulle tragedie viste a teatro e allora immaginano. Immaginano che nella catastrofe, quando una civiltà viene risucchiata dalla guerra o dal mare, o un'esistenza non tornerà mai più come prima, le donne si battano il petto come Le troiane. E si dicano parole alate come le avrebbe dette Enea lasciandosi alle spalle Ilio in fiamme. Immaginano postura da eroi e grandezza.

Invece nella catastrofe non è possibile alcuna postura, nessuna grandezza. È eroe chi sopravvive a quel momento, chi lo conserva e continua a vivere. Farsi custodi del mondo di prima è già abbastanza per una vita mortale. Non esiste più un petto da battere e le parole non escono perché il fiato è scomparso. Piuttosto: chi sopravvive cerca qualcosa di normale a cui aggrapparsi, qualcosa di quotidiano, un gesto che fa sempre e che lo ricollega alla vita di prima, quando c'era una vita. Gli altri, gli spettatori dell'esistenza, si indignano: "Come, non ha tentato di accecarsi l'unico occhio che gli restava? Edipo avrebbe fatto così".

Non mi sono accecato: ho lasciato il comando a Porzio e ho attraversato il ponte facendo attenzione a non sfiorare i feriti che si dibattevano nei loro orrendi dolori. Ho chiuso la tenda, e nell'angolo a terra in basso ho visto un mucchietto che si muoveva: era la merla, mi guardava con un occhio giallo, anche lei cercava di vivere, era l'unica cosa pulita e morbida attorno a noi per miglia e miglia, per cielo e terra e mare.

Poi mi sono fatto la barba. Tremavo – non sapevo di tremare – ma ho continuato, tagliandomi un poco, finché non mi sono sbarbato del tutto, di tutto, dei giorni alla fonda. E quando ho finito ho riattraversato il ponte, pulito più che potevo, e sono arrivato a poppa, dove rantolava da tre giorni il marinaio che aveva tentato di uccidermi. La ferita dello stilo aveva impregnato di sangue la sua bulla. Allora mi sono steso accanto a lui e gli ho dato la mano.

Ho chiuso gli occhi e sono rimasto così, a sentire il ticchettio regolare delle gomene sull'albero maestro, mentre la Fortuna andava come sa.


È arrivata per prima la triremi mandata incontro all'ammiraglio: Plinio era stato trovato morto sulla spiaggia di Stabia, come se riposasse, appoggiato su un lenzuolo. Quando lo hanno adagiato sulla lettiga, nel cuore del porto di Miseno, il suo corpo era intatto e dalle spalle larghe, come lo vidi la prima volta, in mezzo alle sue navi, nello stesso punto.

Plinia è rimasta composta, non l'ho mai vista piangere, anzi si è occupata di me. Mi ha cercato gli occhi, ma i miei occhi sfuggivano.

"Guardami, Lucio, guardami."

Io non lo facevo con intenzione di non riuscire a guardarla, però me la ricordo la sua voce, e i contorni della sua figura elegante che mi tenevano per le spalle e mi pregavano:

"Guardami, Lucio, guardami, ti devi fare coraggio, mi senti? Ti devi fare forza".

Dopo, tempo dopo (ma quanto tempo dopo?), ho capito che della nostra sciagura si parlava ovunque a Roma, ovunque nell'impero, Tito aveva già fatto partire le navi militari e i soccorsi e lui stesso ci avrebbe raggiunti. Mio padre stava tornando dalla provincia. Anche il porto di Miseno era stato colpito dal prodigio, ma in misura minore, dunque aveva retto e i suoi militari avevano saputo riorganizzare l'accampamento perché potesse servire anche per quei civili che avevano perduto le loro case.

Nelle locande venivano ospitate le famiglie, dai magazzini si traeva il necessario per i pasti, la più grande riserva d'acqua dell'impero la tenevamo lì, alle spalle del lago, le prostitute cucinavano per quelle madri che non avevano più nulla e quelle madri allattavano i figli delle prostitute assieme ai loro.

Il corpo di Plinio fu imporporato e profumato in attesa degli onori militari, e stava bene lì al centro del molo a ricordare la tragedia, a rappresentare ciascun morto. Mi è dispiaciuto quando è arrivata la sua famiglia e l'hanno portato via: non sapevo più dove poggiare gli occhi.

"Ho perduto anche questo padre," si disperava Secondo.

"Almeno tu hai un corpo da piangere."

Ma questa cosa la capisce solo chi la prova, perché questa condizione si trova al limite estremo dell'esistenza: per staccarsi dal corpo che ci abbracciò quel giorno, che ci ha parlato, che abbiamo sfuggito e raggiunto, ci vuole un corpo. Quello di mia madre non sarà mai trovato e dunque ella vagherà sospesa nella mia anima e in quella di mio padre, e lungo le pendici arse del monte.

# Epilogo

*Crederà mai la futura generazione degli uo-
mini, quando di nuovo verdeggeranno le
messi, quando ormai si copriranno di verdi
erbe questi luoghi ora deserti, che sotto i loro
piedi giacciono sepolte città e popolazioni e
che antichissime campagne sono state da per
tutto inghiottite dal mare?*

Stazio, *Silvae*, IV

In un primo periodo è stato difficile avere a che fare con mio padre, proprio con lui. Perché eravamo testimoni di un tempo normale, in cui siamo stati felici e tutto sembrava possibile, e guardarci ora nella sventura accresceva il dolore. Così ci evitavamo, piangevamo di nascosto, imbarazzati, e parlavamo solo di altro. Dormivo molto e il sonno era una piscina lunghissima e tiepida da cui era insopportabile uscire.

Se pure riuscivo a distrarmi, tutti pensavano di dover dire la loro o raccontare una notizia, tutti, perfino i servitori, che avevano sentito da un altro servitore detto da una prostituta al mercato che Rectina si era salvata, da sola con uno schiavo: per un tratto a cavallo, poi il cavallo era morto e lei aveva continuato a piedi, poi lo schiavo era morto ma lei alla fine era arrivata, è andata a vivere nella sua casa del Sannio, così come Pomponiano se n'è scappato nella villa di Capri dopo aver abbandonato il corpo di Plinio sulla spiaggia. Tutte queste informazioni si sono acquartierate in un punto del mio petto dove vivono, e io di tanto in tanto vado lì e mi ci siedo in mezzo.

Io cerco sempre Pompei, vado a Pompei, torno a Pompei esattamente con la stessa violenza con cui cercavo di allontanarmene. Mio padre ci è tornato davvero, con Cassio, e Cassio mi ha raccontato che non riuscivano a trovare nulla, che sulla massa uscita dal monte, che si era rappresa, per miglia e miglia al galoppo, non vi erano uomini o animali e nulla che vivesse. Di giorno c'erano degli operai al lavoro, a cercare di scavare per recuperare qualcosa per conto di qualcuno, o ladri, come un esercito ad accanirsi sul vinto, depredandolo. Ma poco si riusciva. E in mezzo a questi uomini che battevano e cercavano, emergevano delle cose.

il capitello arricciato di una colonna della basilica. gli occhi chiari di un efebo di bronzo. l'architrave di un propileo, dalle parti di casa nostra.

Si sono convinti che quando tutta la distanza che c'è tra il monte e il mare sarà di nuovo abitata dalla natura, forse i figli dei nostri figli cammineranno sulle ossa delle loro nonne senza saperlo. Cassio poi è tornato in mare e mio padre ha pregato Tito di potersene ripartire per la provincia. Solo per forma mi ha chiesto se volevo andare con lui, io ho detto no e poco dopo è andato. È stato bene per entrambi.

Prima della partenza, siamo stati assieme dall'imperatore.

Tito aveva tra le mani il mio diario di bordo, arrivato a lui sul cadavere di Plinio.

"Questo è il punto della costa nuova più vicino alla penisola di Sorrento?, questo è lo scoglio dietro cui vi siete riparati?, puoi segnarmi la villa di Poppea Sabina?"

E poi:

"Questo documento è prezioso per noi, sai? È molto bello che tu abbia avuto modo di prepararlo, nonostante tutto".

"Tutto, Cesare."

"Tutto, lo so, tutto, mi dispiace averti mandato lì perché ho detto quella frase con tuo padre quella sera, averti consegnato alla vita militare, ma è la mia stessa vita e io mi sono visto in te. E poi, guarda ora: tu sei vivo e hai tenuto la flotta e hai prestato i primi soccorsi, l'imperatore è fiero di te, io sono fiero di te. Chiedimi qualunque cosa."

"È stata la mia tracotanza?"

"No, quello è il motivo per cui sei vivo."

"Sei andato lì, Cesare?"

"Sì."

"Cosa hai visto?"

"Ho visto che scavare era inutile e ricostruire era impossibile. Ma poi, sai?, mentre andavo via sono tornati i gabbiani. Succede anche nei campi degli assedii quando li bruciamo per affamare la popolazione: prima tornano gli uccelli."


La vita quotidiana invece non è ancora tornata, dico quella vita fatta di vestirsi, andare alle terme, e bere con piacere un vino e miele. Le faccio, quelle cose, ma come il mulo gira la sua macina. Sono rimasto alla corte di Cesare e il giorno in cui è entrato per la prima volta nel suo teatro di caccia ero con lui, a pochi passi da lui, tra i suoi ufficiali. L'anfiteatro, colossale, occupava il foro con la sua ombra ad archi, le statue tendevano al cielo e l'arena era colma del sangue delle bestie. Lì ho rivisto Marziale: ci ho messo tanto a farmi largo tra la gente che ondeggiava ubriaca, finché l'ho raggiunto:

"Sono Lucio, l'allievo di Quintiliano".

Lui fissava solo i miei capelli, le mie sopracciglia, improvvisamente bianchi come quelli di un vecchio.

"Ma cosa ti è successo?"

"Niente, sono ricresciuti così."

"È tutta luce. Siediti vicino a me, raccontami."

Furono cento giorni: lui che scriveva dei versi dedicati a quello spettacolo, e io parlando. Guardavamo distrattamente scene sempre uguali con morti sempre diversi, fiere, gladiatori, figuranti, e io a raccontargli ogni cosa che mi venisse in mente, senza ordine. Me ne rammaricavo.

"Non mi ricordo se il maremoto però era prima o dopo."

"Non te ne preoccupare, Lucio: quando gli dei ci confondono le ore vogliono alleviarci dalla nostra condizione e avvicinarci a loro, come se fossero pentiti della sofferenza inflitta. Quanti anni hai?"

"Ne ho compiuti diciotto due mesi fa."

"Eravamo già seduti qui a guardare Tito, due mesi fa?"

"Vorrei dirlo a mia madre. Che sono vivo e li ho compiuti."

"Per ogni granello della clessidra che passa, passa anche un poco questo rammarico, tu adesso non mi puoi credere, ma credimi."

"Io non voglio che passi."

Lui e Secondo mi hanno presentato Publio Stazio. Era rimasto talmente colpito dai miei racconti che voleva andare a Pompei. Anche Marziale l'ha detto, e ogni volta che lo dicevano, ogni volta che qualcuno lo dice, io rispondo: vi darò un'anfora di latte e vino da spargere. Ma queste cose non si fanno davvero mai: servono a sistemarsi il cuore nel momento in cui le pensi.

Poi una mattina Secondo mi si è presentato di fretta:

"Ci sto pensando da allora, e oggi finalmente ho capito: tua madre non è insepolta, non vaga. Tua madre è sepolta assieme alla casa, c'è qualcosa di più caro per una donna? Assieme alla sua città, che la conosce, ai suoi schiavi, che la custodiscono".

È stato sempre lui, con i suoi ragionamenti, a convincermi a cercare Aulo, io non volevo proprio.

"Se ti ama preferisce sapere che sei vivo, anche se non vivi per lui."

"E se non mi ama?"

"Allora non cambia niente. Ti ci accompagno io."

È stato bellissimo tornare a cavalcare in campagna, in mezzo alla brina, giocare a inseguirci, chiacchierare affiancati.

Appena Secondo mi ha fatto ridere, il dolore si è ritratto.

Poi si è ripresentato, ma ho visto che non durerà, così ineffabile, per sempre. L'ho veduto abbassar l'elmo e indietreggiare di qualche passo, lì dove prima, per mesi, mi affrontava a viso aperto lasciandomi fustigato sanguinante nudo solo.

Secondo mi ha accompagnato finché da dietro un poggio non è spuntata la locanda di Aulo:

"Vado sotto le mura e aspetto fino all'imbrunire: se non sei tornato indietro, me ne vado, tranquillo, sennò ce ne andiamo a bere".

Non sono tornato indietro, non quella sera. Piuttosto sono venuto ad abitare qui, fuori le mura, in una villa che ho comprato e fatto sistemare.

Ho portato con me la merla della Fortuna, l'ho portata in una gabbietta e poi l'ho liberata, ma lei è venuta tutte le mattine. Quando arriva mangia quello che le ho lasciato, semi e molliche di pane, e poi non va via subito, bensì resta a guardarmi un poco con il suo occhio giallo. Un giorno non l'ho vista, un altro ancora, e ho pensato fosse morta, non so quanto vivano, invece poi è volata qui portandosi dietro un uccellino. Credo gli abbia insegnato dove sta il cibo.

Quando Tito ha bisogno mi manda a chiamare e in poco tempo lo raggiungo. Mio padre ci è venuto a trovare spesso, e una volta ha portato con sé Cassio che mi voleva per forza raccomandare quella che era stata la sua salvezza convinto che andasse bene anche per me.

"Torna presto in mare, torna subito, fatti imbarcare con il primo comando utile, promettimelo."

"Te lo prometto."

Se la notte dormo finisco sotto una coltre grigia che mi soffoca, così preferisco star sveglio a leggere, e assopirmi all'alba. Aulo è contento: gli piace chiudere gli occhi mentre lenta la lanterna brucia l'olio, gli piace dormire sapendomi sveglio.

A volte invece mi addormento e la sogno. Mamma, Pompei. Mi sbagliavo quando temevo che la sua immagine si sarebbe scolorita, che ne avrei perduto i dettagli, e che senza gli affreschi della casa non avrei potuto rivederla mai più. Perché in sogno ella è vivissima: mi sorride, mi passa le mani tra i capelli. Talmente viva che per rivelarle la verità la metto alla prova, le dico: "Se sei viva, chinati a prendere quel papavero", e lei resta immobile statua. Allora mi sveglio.


A maggio la balza sotto casa nostra si è tinta di giallo, anche se nessuno le aveva chiesto niente, neppure Aulo, che cura da solo il giardino. Ma la balza non fa parte della villa, inizia oltre l'ultima quercia, e si protende verso un bacino d'acqua in cui i contadini vanno a lavarsi e i pastori ad abbeverare le bestie.

Io ci vado spesso a pensare, scendo con un bastone e risalgo aggrappandomi ai cespugli, qualche volta cado, altre volte rincaso graffiato, ma Aulo non mi dice più nulla, ha capito che ognuno fa come può e io non riesco a pensare in piano.

"Ti manca ancora?" mi chiede a volte, quando torno da lì e mi deve passare l'aceto sulle ginocchia.

"Tanto, ma è più lontano di così."

"Cosa è più lontano?"

"Quello che penso quando vado giù per il dirupo."

Quando vado giù per il dirupo fiorito di ginestre mi metto a parlare da solo, parlo, parlo e cerco di ricordare tutto, anche se non mi riesce in ordine, se confondo il prima con il dopo e la vita luminosa e quella oscura e i giorni della città viva e quelli dei marinai morti. Così afferro le cose che non esistono più.

il suono lontano del sistro. un pianto. Lavinia.

Lo devo fare io perché io sono rimasto tre giorni e tre notti sospeso a metà strada, spettatore della lotta tra gli dei e gli uomini.

È stata una lotta per il tempo. Agli dei non interessa perché essi vivono per sempre: i custodi del tempo siamo noi, che lo cerchiamo nella sabbia della clessidra, lo inseguiamo sulla pietra della meridiana, e lo aspettiamo impazienti osservando le stelle. Senza gli uomini il tempo non esiste, invece noi non esistiamo che nel tempo, e allora lo conserviamo nell'arco eretto per un trionfo, sul rilievo di una stele.

Per costruire quelle mura ci sono voluti settemila uomini e tre anni; lo scriba ha appena terminato la copia del suo rotolo: quando il soffio di un dio annienta lo scriba, la biblioteca intera e tutta intera la città cinta da quelle mura.

Eppure.

Eppure anche quando sembra tutto sparito un uomo si ferma e ricorda. E in quella memoria germoglia il futuro come fiore del deserto.

# Riferimenti e ringraziamenti

L'epistola di Plinio il Giovane, a pagina 11, cita un modo di dire comune, uso quell'occorrenza perché lì racconta che la frase era stata pronunziata dallo zio navigando verso il Vesuvio. La traduzione dell'epigramma di Marziale a pagina 19 la realizzò Giacomo Leopardi a quattordici anni, come è sua la chiusa a pagina 73 sulla ginestra.

La frase a pagina 45 "c'era tra di noi il legame del mare" è di Conrad, sta ne *La linea d'ombra*.

"Ogni cosa che faccio è destino", a pagina 103, lo fa dire Cesare Pavese a Edipo nei *Dialoghi con Leucò*.

Il concetto che malattia e salute vivano assieme in noi dal primo giorno è di Susan Sontag in *Malattia come metafora*.

Vent'anni fa stavo tra questi scaffali, sono tornata. Si sta bene, tutti questi studenti che entrano ed escono, il drappo della Comune di Parigi e Carlo Feltrinelli come se nulla fosse. Grazie a Roberto Santachiara e Gianluca Foglia. Grazie a Laura Cerutti per l'infinita pazienza. A Helena Janeczek, amica cara, e a Carlo Buga, l'uomo degli avverbi, Adolfo Frediani e Serafina Ormas.

Grazie ad Angela e a Mimmo Jodice per l'immagine di copertina, ne sono onoratissima.

# Indice

DZ 0158858961

SIAE

LA FORTUNA

1 ED
PARRELLA VALE

FELTRINELLI